芸人と影

ビートたけし
Beat Takeshi

小学館新書

はじめに

いつから、こんな窮屈な世の中になっちまったんだろう。この頃のニュースを見ていて、つくづくそう思う。

ちょっと前は、タレントが週刊誌に不倫スキャンダルをバラされて、テレビから次々と追い出された。そして２０１９年、不倫スキャンダルに飽きたメディアが飛びついたのが、芸能人の「闇営業」の問題だった。

雨上がり決死隊の宮迫博之やロンドンブーツ1号2号の田村亮をはじめとする若手のお笑い芸人たちが、振り込め詐欺をやらかすような半グレ集団の忘年会に呼ばれてさ。それが事務所を通さない仕事だったから「闇営業問題」と呼ばれたわけだ。

それを斡旋《あっせん》したカラテカの入江慎也は吉本興業を追い出されて、他の芸人たちも謹慎処分になった。数万円レベルのギャラしかもらっていなかった芸人はしばらくして復帰したけど、100万円をもらったとされる宮迫、50万円の亮はテレビから姿を消したままだ。

もちろん、不倫も闇営業も世間的には褒められたことじゃない。タレントや芸人たちがそれなりのけじめを求められるのは仕方ないだろう。だけど、こういう騒動に関して気になるのは、どちらかというと「世間の過剰反応」のほうだ。

「こんな不道徳なヤツラ、テレビに映しちゃけしからん」から始まって、最終的には「コイツラの出演番組のスポンサーが売っている商品は買うな」というところまで一気にエスカレートしてしまう。インターネット、とくにSNS（ソーシャル・ネットワーキング・サービス）とかいうものを媒介にして、その動きは一気に広がっていく。

するとテレビ局はとたんに縮み上がる。コンプライアンスやスポンサーへの体面を気にして、問題を起こした芸人の登場シーンをムリヤリ編集でカットしたり、出演を自粛させたりする。要は世間から袋叩きに遭う前に、「我々はここまでやりました」ってアリバイを作ろうってだけの話でさ。そうやって芸人たちの居場所がドンドンなくなっていく。

体よく芸人たちを締め出しても、テレビはしくじったヤツラを別の形でとことんエサにする。朝から晩までワイドショーや情報番組で取り上げて、訳知り顔のコメンテーターに

「けしからん」「反省しろ」と、さも真っ当そうなコメントを言わせるわけだ。人の不幸は蜜の味ということで、格好のネタになる。

２０１９年はいろんな事件があったけど、結局のところ毎度この繰り返し。失敗したタレントはみんなテレビのネタにされて、視聴率が取れなくなるまでしゃぶり尽くされる。

宮迫あたりは、これまでも『アメトーーク！』（テレビ朝日系）でソコソコ顔が売れてたはずだけど、オイラたち世代のジジイ・ババアがみんな知ってるかといえば、そこまでじゃなかったはずだ。でも、今回の件でニュースやワイドショーに取り上げられて、一気に「国民的」になっちまった。皮肉だよな。

その結果、「世間を笑わせる存在」だったはずの芸人たちは、「世間に笑われる存在」にまで堕《お》とされてしまう。これは芸人にとって致命的だ。だってそうだろう。涙ながらに「すいませんでした」と世間に頭を下げた人間が、その後に舞台に立ってゲラゲラ笑いを取れるだろうか。世間が、テレビが、ネットが、よってたかって芸人やタレントの「笑い」を殺しにかかっている構図だ。

宮迫の場合、「カネを受け取ってない」とウソをついたことが騒動を大きくさせた。こんな風に、タレントたちの事後処理が甘いことも少なくないけれど、それにしたってこの風潮は異常だよ。

いつから芸能人は、世間からモラルを求められる存在になってしまったんだろうか。そもそも、芸人にしたって、俳優や歌手にしたって、そんな立派な人間の集まりじゃない。どちらかと言えばその逆だ。本来はカタギの社会で生きていけないヤクザ者、半端者の集まりが「芸能界」のはずだった。

もう半世紀前の話になる。大学に入ったはいいものの、オイラにとっちゃそこは決して居心地のいい場所じゃなかった。大学で勉強なんてろくにしちゃいないし、そもそもゼンゼン行っていない。まずは「設計図を書いてスパナを作りましょう」なんて言うんだけど、そんなもんやってられるかって思ってた。覚えたのはイカサマ麻雀のやり方ぐらいでさ。で、そのうち大学の手前の新宿で、途中下車してフラフラし始める。ジャズ喫茶のボーイ、タクシー運転手やらいろんな仕事をやった後、何かに吸い寄せられるように浅草へやってきた。エレベーターボーイの募集を見たのがきっかけでフランス座に潜り込んで、いつからか踊り子や浅草芸人たちと毎日を過ごすことになった。たまたま深見千三郎って達者な師匠に出会ったおかげで、オイラは芸の道の入り口に立つことができたんだよな。

だけどそれまでは、学校にも社会にもなじめなくて、どこかやけっぱちなところがあった。そんなオイラには、浅草の芸人たちの作る独特の雰囲気がなぜか心地よかったんだ。

その頃の浅草芸人にはみんな世捨て人のような感じというか、どこか人生を諦めている匂いがあった。本当はみんなテレビに出て、一発当ててやりたいんだよ。だけど、出られなくてもどこか「まァいいや」という感じがしてさ。で、みんな芸にはプライドを持っているけど、実生活は褒められたもんじゃない。フランス座の楽屋には、空になったヒロポンのアンプルが至るところに転がっていた。みんなベテランの芸人たちが使ったものだ。

そういう人たちの末路は悲惨だった。よくネタにしているけど、段ボールをかぶって隠れて、指で開けた穴から外を見回して、「俺は刑事に監視されている！」ってガクガク震えてる人もいた。典型的な覚せい剤の幻覚症状だけど、その人は本気も本気なんだよな。

そんなヤバい姿を見ているから、オイラは勧められても絶対クスリには手を出さなかった。だけど、当時はそういう雰囲気こそが「芸人」のど真ん中だったんだ。

テレビなんか出ずに、演芸場やストリップ劇場でたまに舞台に出て、仕事がない日は安い煮込み屋でクダ巻いてさ。酒やクスリでボロボロになって死んでも、それが芸人ってもんだから本望だって人たちばかりだったし、中にはそんなヤツを哀れに思ってかわいがってくれる常連客もいた。


その後、オイラは漫才ブームで売れて、幸運にも世に出ることができた。だけど、もし自分があのまま浅草にとどまっていたら、どうなっていたかわからないという気持ちは常に持っている。それにご存じの通り、テレビに出るようになってからも、オイラは今のがんじがらめの芸能界じゃ考えられないことをサンザンやらかしてきたクチだからね。フライデーの事件は33年前、バイク事故は25年前になるのか。あれと同じことを今の時代にやったらどうなるか。さすがに最近の若手芸人みたいに簡単に潰されやしないけど、昔より処し方が難しくなってるのは間違いない。

まァとにかく、曲がりなりにも昭和・平成のテレビを生き抜いてきたオイラからしたって、世間に威張れるような経歴じゃないからさ。オイラだけじゃない、「芸能界の大御所」なんて言われる人間の過去をちょっと調べてみろよ。みんなスネに傷ある人間ばかり。昔の芸能界は、たとえクスリやらで逮捕されたって、何年か経てばシレッと元通り活躍できるような、ゆる〜い業界だったんだよ。

「芸能界だって浄化されたほうがいいじゃないか」——当然、そういう意見もあるだろう。だけど、それはこの業界の本質を見誤っている。

オイラも若い頃から営業で全国を回ったけど、地方の興行なんてヤバい筋の人たちが出てくるのが当然の世界だ。大きな声じゃ言えないけど、芸能事務所にはヤクザより怖い人だってたくさんいるからね。もし本気で芸能界から反社会的勢力を排除しようとしたら、芸能界が今の半分くらいになっちまうってオチかもしれないぜ（笑）。

まァ、後でじっくり話すけど、オイラの周りにだってガキの頃から浅草時代、芸能界に入ってもヤクザな人たちはいっぱいいた。そんな人たちとの笑い話やおっかない話はいっぱいあるし、それが当たり前の世界だった。芸能界を少しでもかじったことがあれば、きっと何度も怖い人たちとのつきあいに悩んだことはあるはずだ。

吉本興業の騒動で、芸能界の「闇営業」が注目されたのは、もしかしたら、いいきっかけかもしれない。これを機に「芸能界」と「芸人」ってものをしっかり語ってみたいと思う。そこにある「影」は、反社とのつきあいだけじゃなく、もっと根深いものがある。

それに、芸能人が舞台にしている「テレビ」や、客にしている「ニッポン人」全般も、最近大きな影を抱えているんじゃないかと思うことが多い。その辺、テレビじゃ言えないヤバい話をジャンジャン語っていこうか。

だけど、あんまり真剣になっちゃいけないよ。オイラはこの手の本じゃ毎回断っているけど、所詮はたかがお笑いの男の戯れ言だからね。本気にして「けしからん!」と真面目に反応されちゃかなわない。それと、硬い話ばっかり続けるのは性に合わないからさ。くだらないお笑いネタや雑談もドンドン挟み込んでいく。まァ、そっちも楽しんでくれよ。

暴論、下ネタ何でもあり。オイラの暴露話に少しの間おつきあい願うぜっての! ジャン、ジャン、ジャン!

「芸人と影」　目次

第1章
芸人の影

芸能人と「怖い人たち」は昔から〝同居〟していた。変わったのは社会のほうだ。

浅草時代、近くにはいつも「ヤクザ」がいた

「闇営業」ってのは、２０１９年の流行語のひとつだろう。宮迫博之をはじめ10人そこらの芸人たちが、事務所を通さずに詐欺グループの忘年会に参加して謹慎処分を食らった。その後の吉本興業のドタバタ劇は、ご存じの通りだよ。

「暴力団排除条例」（暴排条例）ができて、ヤクザや反社会的勢力との関わりが御法度になったご時世じゃ、そういうヤバイつきあいがある程度叩かれるのは仕方がない。

だけど、そもそも芸能界や興行の世界ってのは、そういう世界と関わりが深いんだよ。

地方の営業や、映画の撮影なんて決まってヤクザが出てくるしね。そういう世界はこないだ『キャバレー』って小説でも詳しく書いた。芸人や歌手を営業に呼ぶキャバレーそのものが、ヤクザと繋がってるからね。まァ、昔から芸能人の営業なんてそんなもんだ。ここからがセーフでここからがアウトって線引きが、ものすごく難しい業界なんだよ。

オイラが芸人を始めた頃は、「浅草といえばヤクザ」なんて言われるくらいだったからね。今みたいに組織の締め付けが厳しくないから、一匹狼がいっぱいいた。そういうのが客としてオイラたちに文句をつけたり、逆に可愛がったりしてくれるわけ。

なかでも伝説になっているのが、「銀幕破りのセイちゃん」。とにかくセイちゃんは映画が好きでさ、主役がヤラれそうになると日本刀出して上がっていって、相手役を斬っちゃうんだ。敵役がチャンチャンバラバラでかかってくると、「危ねェ!」って助太刀に上がっていって、刀を抜いてスクリーンに斬りかかっちゃうというね。

オイラが浅草に行った頃は「セイちゃん」は、まだピンピンしてたね。松竹演芸場に来たこともあって、一番前の席で若い衆2人ぐらい連れててさ。それで、オイラたちに「このヘタクソ野郎!」とか野次ってくるんだよ。ヤクザだと思わなかったから、オイラも

「うるせェぞ、このジジイ」とか言い返してさ。若いヤツが立ち上がったから、「やるなら上がってこい、この野郎」なんてケンカの一歩手前になっちゃった。

で、ジジイたちが「覚えてろ」って言って引き上げたから、後ろから「何言ってんだ、このクソジジイ」とか怒鳴り返して楽屋に帰った。そしたら支配人がすっ飛んできて、「ヤバいよ、お前。あれ、銀幕破りのセイちゃんだぞ」って。

「へ？」って聞き返したら、「有名なんだよ。あの人にケンカ売るなんて、お前は1か月出入り禁止だよ。下手したら若い衆に殺されるぞ。当分浅草来るんじゃないよ」とか言うんだよな。それで、当分逃げ回る羽目になった。

ところが、1か月経っても松竹じゃ出してくれない。仕方ないから浅草には戻ってきたけど、やることないからカウンターの一杯飲み屋で飲んでたんだよな。

そしたら、いきなり隣にギギッと座るジジイがいるわけ。それがセイちゃんなんだよな。「あ、ヤバい」と思ったら、「へへへ、ようツービート、オレだ」って。

「終わった、やられる」と覚悟したけど、「まァ、飲めや。お前も気が荒いねェ」なんて酒を注がれて、それから仲良くなっちゃった。

「オペラのジューちゃん」

そういう変なヤクザが、あの頃の浅草には大勢いた。オペラ館って劇場あたりの用心棒だったんじゃないかと思うけど、「オペラのジューちゃん」というのがいてさ。この人は、店員の態度が悪いっていうんで、浅草のデパートの7階から地下までウンコまいたというので一躍有名になってさ。

「オペジュー」には他にも逸話があって、一匹狼だったから、地元のヤクザの組とよく揉めちゃうんだよ。それでさらわれて、隅田川に簀巻《すま》きにされて捨てられちゃった。ところがこのオペジューは、簀巻きにされて両手が使えないのに、うなぎのように体をくねらせてグイグイ泳いでさ。貸しボート屋のボートのところまでたどり着いて、それ以上流されないようにボートのへりを歯で噛んで明け方まで耐えてたんだよ。

で、朝になって貸しボート屋のオヤジがオペジューを見つけてビックリして、「どうしたんですか」って聞く。ジューちゃんは「助けてくれ」って言おうと思ったらしいんだけど、最初の「た」と言った瞬間に、口が開いちゃってザザーッと下流に流されてしまったというオチなんだよな。

それからオイラが名前をつけたのが「シャチ◯タネーム」ってヤクザ。

この人は小指を詰めてたんだけど、その指の断面に般若のお面を彫ってたの。で、浅草の飲み屋で隣になったとき、「入れ墨で一番痛いのは指先、それも詰めた指にこっち側から彫るのが一番すごいんだよ」ってオイラに自慢してさ。それでオイラが「シャチ◯タネームみたいですね」って返したら、「オレの指はハンコじゃねェ！」って顔を真っ赤にして怒り出したんだよな。あの時は店の会計も払わずに必死で逃げたね。

笑い話は尽きないんだけど、何が言いたかったかというと、芸人としてのスタートから周りにヤクザがいたということ。で、なんだか知らないけど、こっちが望んでるわけじゃなくても、オイラは意外とそういう人たちに可愛がられてしまうんだよな。

「ヤクザと記念写真」は防げるか

それに芸能人ってのはさ、テレビで顔が売れてるだけあって、こっちが知らない人だとしても、向こうはこっちのことを知ってるってことが往々にしてあるわけだよ。

たとえばテレビに出るようになって、ある程度売れ始めてからの話だけどさ。町の喫茶店でお茶してたら、品のいいお母さんと小学生くらいの男の子という親子連れが申し訳なさそうに話しかけてきたんだよな。

「この子がビートたけしさんの大ファンなんで、ぜひサインして一緒に写真を撮ってくださいませんか」

丁寧にそう言われりゃ、オイラだって嬉しいし、断る理由もない。「どうぞどうぞ」って、ニコッと笑って一緒に写真を撮ったんだよな。で、賢そうな子だったから「オモチャでも買いなよ」なんて言って小遣いをあげて、ちょっと一緒にお茶を飲んでたわけ。

そしたらいきなり、その子の「お父さん」っていう男がガラガラッと店のドアを開けて現れたんだよ。もう見るからにヤクザって感じの怖そうな人でさ。

「おう、たけしじゃねェか。オレとも写真撮ってくれよ」

って言うんだよ。もう一目散に飛んで逃げたけど、その後もしばらく「子供によくしてもらったお礼に」なんてメシやらの誘いが何度も来てさ。こっちとしては「だってアンタ、ヤクザでしょ」とは言えないし、「もう勘弁してください」と断るしか道がないんだよ。

そんなのを肌で実感してるから、週刊誌が芸人とヤクザの写ってる写真とかを引っ張り出してきて「黒い交際」なんてやってるのを見ると、もうため息が出ちゃうね。裏社会の人かどうかを選別して、先回りして写真を断るなんてできるはずがない。そこまで言うんなら、「芸能人はファンと写真を撮るべからず」ってルールを決めてもらうしかないね。

大親分に「会いたい」と言われて

もっと頭を悩ませた話がある。誰もが知ってる組織の大親分（稲川聖城・初代会長、総裁。07年没）が、バイク事故から復帰したばかりのオイラをテレビで見て、「若い頃の自分に似てる」って気に入ったらしくって、「たけしに会いたい」っていうことになっちゃったんだよな。総裁もナタで頭を殴られたことがあるらしくてね。親分がそう望んでるってことになると、子分は芸能界のツテをたどったり、いろんな形でこっちにアプローチをかけてくるわけだよ。

でも、暴力団の大物に芸能人が会いに行くわけにはいかねェからさ。「映画の撮影があるから」ってお茶を濁して、ずっと逃げていたんだよ。

それから映画が完成して、「そろそろどうだ」みたいな話になってさ。子分からしてみれば、なんとか親分の願いを叶えたいって当然思うわけで、ムチャクチャ必死なんだよ。だからむげに断り続けてると「親分をなめてんのか」ってことになりかねない。

弱ったけど、だからって隠れてコソコソ会ってたりしたら、どれだけ世間に叩かれるかわからないし、言い逃れできない。悩んだ末にオイラが思いついたのが「全部オモテ、公の話にしちゃおう」ってことだった。包み隠さず、「雑誌の対談企画」ということにして、大親分に会っちまえばいいじゃないかってさ。

雑誌のページの上でなら、一緒に食事をしても、写真を撮ってもこれは「個人的なつきあい」とは言わないわけでね。2002年に当時の『新潮45』で「頂上対談」と銘打って、堂々と正面から乗り込んだんだよな。そりゃ、迫力があったよ。だけど、頂上対談が「裏社会のトップ」だけじゃおかしいんで、その後はオモテ社会のトップの小泉純一郎総理（当時）や検事総長にも登場してもらったね。

芸能人ってのは、裏社会からそういうお誘いが多いのは事実だよ。バランスを考えてやんなきゃ、いつの間にかそういう人たちとズブズブになっちまうこともあり得る。芸能人にとって「極道との距離の取り方」ってのは大事な才能のひとつなんだよな。

島田紳助が暴力団との問題で色々あった2011年、オイラも週刊誌に「ヤクザとつきあいがあるんじゃないか」ってけっこう書かれたし、インタビューも受けた。そもそもオイラがどうこうというより、芸能界全体の問題じゃないかって思うけどね。興行と銘打って芸能活動をしてたら、ヤクザと関係ゼロなんてわけはないのに、なんで責任をタレントに押し付けるのかまるで意味がわからない。

今度そんな風に突っ込まれて会見やることになったら、ヤクザの格好で現れて、手に包帯巻いて、「すみません、お詫びに指を詰めました」って、そういうのやりたいね（笑）。

まァ、芸能界とヤクザが昔からズブズブなのには全く触れないで、一芸人、一タレントに責任をおっかぶせるのはどうにかしてほしいもんだ。

大事なのは「一線の引き方」

だけど、この時代の前提として、芸人も裏社会の人に媚びちゃダメだと思う。

昔から芸能の世界じゃ、「オレは◯◯組の親分とつきあいがある」みたいに、裏社会との接点を自分のハク付けに使うヤツが多かったのは事実だ。でも、そういうヤツは本物の「一流」にはなれないんじゃないかと思う。

やっぱり裏社会の人たちってのは、カネがあるところに絶対にたかってくるからね。高給取りの芸人なんて、ちょっと甘い顔を見せると怖い人たちがすぐに寄ってくる。だけど、そこはそれぞれのやり方で一線を引かなきゃいけない。

ちょっと芸能界の話からはズレるけど、思い出してほしいのは2016年に覚せい剤で逮捕された、元プロ野球選手の清原（和博）のことだ。当時の週刊誌によると、清原はヤクザな生き方に憧れて、暴力団とのつきあいを自慢するようなところがあったらしい。そういうところにつけ込まれて、ズブズブとクスリ漬けになってしまったんじゃないか。

本当は、清原ほど見事な実績を残した男なら、そんなチャチなことをせずに、長嶋茂雄さんみたいな高みに行かなきゃダメだったと思うんだ。それは「成績」だけじゃなく、「男が憧れる存在」としてね。長嶋茂雄、王貞治クラスになると、ヤクザな人たちにとってもガキの頃からの憧れだし、雲の上の存在だから気を遣っておいそれと声をかけられない。「オレたちみたいな日陰者が関わると、あの人に迷惑がかかるから」ってことに自然となる。

ヤクザに憧れるのか、ヤクザに憧れられるのかじゃや、人間としての次元はまったく変わってくるわけだよな。清原に憧れた男はいっぱいいる。だから、本来ならそういう王・長嶋レベルのスターになれたはずなんだ。ヤクザやクスリに頼るんじゃなく、もっと高いところに行かなきゃいけなかったのに、本当にもったいないよね。これからキッチリ人生をやり直して、世間をアッと驚かせてほしいけどさ。

ヤクザと礼儀の不思議な関係

それに、もしかしたらヤクザのほうも昔とは質が変わってきているのかもしれない。昔気質《かたぎ》のヤクザ、とくに組織の上のほうの人は「オレみたいなのと一緒にいちゃいけないよ。写真でも撮られたらどうするんだ」と気を遣ってくれたもんだった。だけど最近は、自分たちから写真週刊誌にネタを売ったりするのもいると噂に聞く。

美化するわけじゃないけど、昔のヤクザは礼儀にうるさかった。若いときに料理屋で座敷に上がろうとしたら、下足のところが脱ぎっぱなしの靴でいっぱいになっていたんでオイラは他人の靴も揃えたんだ。そしたら、変なヤクザがそれを見ていて、「おい若いの、お前ちゃんとしてるな」って小遣いをくれた。「そっちはちゃんとしてるのか」「道踏み外しちまってるじゃねェか」って喉まで出かかったけど、黙って頭を下げて受け取った。

自分たちが日陰者だってわかっているから、行儀作法とか品には気をつける――そんなところがあったんだよな。だから昔ながらのヤクザは、メディアに馴染みの芸人を売ったりはしなかった。だけど今や、そんなのは昔話になっちまったのかもしれない。

オイラが『アウトレイジ』の三部作で演じた大友ってヤクザは、恩義を感じて筋を通す古いタイプの人間だった。だけど狡猾なヤクザに利用されて、結局いいように操られてしまう。もうそういうヤクザは絶滅危惧種なのかもしれない。

宮迫たちの事件で問題視されたのは、「半グレ集団」とのつきあいだったけど、そっちのほうは、昔気質のヤクザが持つそういう任侠道みたいな精神は持ち合わせちゃいないだろうからね。より難しい時代になってきてるよな。

オイラも「闇営業」は山ほどやった。それくらいのことで芸人を守れない事務所はおかしい。

「ショクナイ話」は数え切れない

宮迫たちのスキャンダルから始まった一連の問題ってのは、「闇営業」って言葉の響きのせいで、ひとまとめに絶対悪だと思われてしまっている。だけど、実は2つの問題点がごちゃ混ぜになってしまってるんだよな。

ひとつは、「芸能人は反社会的勢力とつきあってはいけない」ということ。これについては、オイラなりの意見をこれまで言ってきたつもりだ。

もうひとつは「芸能人は事務所を通さずに仕事を取ってきてもいいのか」ということ。

「闇営業」ってのは本来こっちの意味で、暴力団や半グレ集団とのつきあいを「闇」と言ってるわけではないんだよな。

実は、ヤクザと芸能界の関係が切っても切れないのと同じように、事務所を通さずに仕事を受ける「闇営業」ってのも昔からよくある話でさ。

「闇営業」って言葉は、コトを怪しく見せるために週刊誌がわざと選んだ言葉だよな。「闇営業」なんて言葉を使っている芸人は多くないと思うよ、芸人の間では、関西なら「ヤミ」とか「チョク」、オイラたち東京の芸人は「内職」を逆さにして「ショクナイ」なんて言ってたもんだよ。若い頃はギャラなんてスズメの涙なんで、事務所に中間搾取されない「ショクナイ」はこれ以上なくありがたい話だった。オイラも数え切れないほどやったぜ。これもう笑える話がたくさんあるからね。ショクナイで事務所をクビになるなら、オイラなんて死刑になってたっておかしくない（笑）。

昔、ツービートの時代に西武新宿線の田無駅あたりの夏祭りにショクナイに行ったんだよ。まだ売れてない頃だったんで、嬉しくてさ。で、いざビートきよしさんと「ど〜も〜」って舞台に出たら、最前列に当時のオイラの事務所の社長と副社長がデーンと座ってたんだよ（笑）。たまたま近所に住んでて「ツービート来たる！」ってチラシを見ちまったわけ。それでオイラたちのスケジュールを確認したら「あれ、何も入ってないぞ」ってバレちゃってさ。きよしさんと2人でこってりしぼられたんだよな。

オイラときよしさんだけじゃない。漫才ブームの時代の芸人で、ショクナイをやったことないヤツなんていないんじゃないの。島田洋七なんてもうホラ吹いてばっかりなんだけど、いつも「オレは出所漫才をやった」って言い張るんだよな。

朝、刑期を終えて刑務所の門から出てくるヤクザの親分の前に、「はい、どうも〜」って出て行って、出所祝いの漫才をやったって言うんだよ。ウソつけってての（笑）。

芸人は同情されたら商売にならない

芸人なんてものは「カネがもらえる」「ゴチになれる」と聞けば、相手の名前を聞くよりも先に押しかけるもんだ。とくに若い頃はそうだよな。

だから、オイラ自身の経験からしても、宮迫たちの言い訳は苦しかったし、あんまりいい手じゃなかった。とくに「カネをもらってなかった」って宮迫のウソは致命的でさ。そんなの、通用するわけないんだから。潔く最初から「もらってました。カネ目当てでした」って言ったほうがよっぽど傷は浅かったよ。

オイラなんて、若い頃のショクナイのギャラの額を全部覚えてるからね。「あの社長、デカいこと言ってる割にはしょぼかったな」とか、「意外ともらったんで、豪遊したな～。また呼ばれたら行こう」なんてのは、その後もコンビの間で酒飲み話になるし、絶対忘れないもんな。

それに、もしカネをもらってないのにヒョイヒョイ呼ばれて余興を披露してたとしたら、そっちのほうがよっぽどマズい。

タダで〝営業〟をやってあげるなんて、その相手は普段からよっぽど世話になってる相手か、相当仲のいい友達ってことになっちまう。お前は無償で芸を見せたり歌を歌ってやるほど、そんなヤバい人間に弱みを握られてるのかっていうことになっちまうんでさ。

金銭のやりとりがあることで「闇営業」って部分を否定できなくなるからそう話したんだろうけど、反社会的勢力との関わりが御法度になったこのご時世じゃ、そっちのほうがよっぽど大問題だよ。

保身のために言い逃れをしてしまったのが、宮迫の一番の失敗だ。だけど、それに輪をかけてマズかったのが、ロンブーの亮と一緒にやった、あの涙ながらの会見だよ。２人が深刻な表情をして涙を流せば流すほど、オイラは冷めた。

お笑いってのは、客に日頃のつらいことを忘れて笑ってもらうのが商売だ。だから舞台に上がる人間は徹頭徹尾、道化に徹していなきゃいけない。なのに、その道化が人前でボロボロ泣いて、惨めな姿を晒しちまった。多くの人が、哀れに思ったことだろう。一度そんな目で見られてしまった芸人が、人を心から笑わせられるか？

芸人はバカだと思われてもいいし、ワルだと思われたって構わない。だけど、同情されちゃ商売にならない。たとえ闇営業や裏社会とのつながりを世間から許されたいからって、同情だけは買っちゃダメなんだ。

オイラたちは「猿まわしの猿」

オイラも世間を騒がせる会見をいくつかやった。講談社に殴り込んだ「フライデー事件」（１９８６年）もそうだし、バイク事故（１９９４年）のときもそうだった。特に、事故からの復帰会見じゃ、顔面マヒで歪んだ顔で人前に立った。

「治らなかったら、芸名を顔面マヒナスターズにする」

「事故は軍団のヤツラがブレーキに仕掛けをしたからじゃないか」

「頭に入っているボルトのせいで金属探知機に引っかかっちまう」

なんて毒を吐きながらさ。

あれもよくよく考えりゃ、哀れな姿だったのかもしれない。

それでもオイラは、「世間はこういう醜い姿を見たいだろ」って腹を決めて出ていった。

でも、宮迫や亮が腹を決めて会見に出ていったとは思わない。それを求めるのは酷だし、かわいそうでしかなかった。あの会見を見て沸々と怒りが沸いてきた。なんでここまで芸人を追い込む前に、事務所が「壁」になって守ってやれなかったんだってね。

オイラたち芸人ってのは、「猿まわしの猿」なんだよ。猿が人を噛んだからといって、猿に謝れというバカはいない。飼ってるヤツが謝るのが道理だ。吉本興業には、にわかに信じられないけど6000人も芸人がいるという。そのトップは〝猿〟を6000人も飼っているのにこの対応か、と呆れちまった。

この会見の日の夜の『新・情報7daysニュースキャスター』(TBS系)で、オイラがこの「猿まわしの猿」の話を初めてしたとき、周りは「たけしが珍しく怒っているな」と感じたらしい。そのときは深く考えなかったけれど、もしかしたらオイラは「芸人という職業そのものがバカにされている」と思ったのかもしれない。

センスがゼロだった吉本社長の会見

それからしばらくして、岡本(昭彦)って吉本興業の社長が会見をやった。あれを見りゃ、「ああ、組織がダメなんだ」ってのが一発でわかったよ。

ダラダラ長い時間しゃべっているくせに、まるで中身がない。質問と正対した答えが返ってこない。で、誰も望んじゃいないのに泣いたりしてさ。

特に、宮迫や亮と面会したときに「テープ回してないやろな」「全員クビにするぞ」って話した真意を聞かれて、「ジョークだった」って言ったのは、救えないセンスのなさだ。誰がそのジョークで笑うっていうんだよ?

オイラは常々言ってるけど、漫才にしても落語にしても、芸事ってのは「間」が何より重要だ。同じネタをしゃべっても、そのテンポやタイミングで、相手の受ける印象はゼンゼン変わってくる。曲がりなりにも「笑い」を生業《なりわい》にしている芸人たちが受け止められないジョークなんて、世間に通用するはずがない。

この岡本って社長は、ダウンタウンのマネージャーを長くやってたというのに、そのへんをまるでわかってない。それとも、わかっていても自分には置き換えられないのか？ どちらにしても、芸能事務所の社長とは思えないほどの〝間抜け〟さだ。これで普段から芸人に偉そうに振る舞っていたなら、そりゃ反感を買うのも当然だよ。

あれだけ「間」が悪けりゃ、いつ世間に謝るべきかタイミングを間違うのも当然だろうな。この内紛騒ぎは起こるべくして起こったことなのかもしれないぜ。

「芸人ファースト」なんて笑わせるな

あと、吉本興業からすりゃ若手芸人の待遇について触れられたくなかったのも、対応が遅れた理由のひとつだろうな。

オイラが漫才をやってた若い頃から、「吉本のギャラ配分はひどい」ってのは有名だったからね。最近じゃ事務所とタレントの取り分の割合が9対1だったって話も出てるし、騒動に乗じて「1円」のギャラ明細をネットに上げた若手芸人もいたらしい。じゃあ、事務所の取り分は9円か（笑）。まァ、中には「他人からカネを取るレベルの芸じゃない」って若手もいるだろうけど、それにしたってひどいよな。

今の相場は知らないけど、オイラが漫才やってた若い頃、「一番ギャラがいい」って言われてたのが浅井企画で、事務所4のタレント6って話だった。オイラがいた太田プロで事務所6のタレント4だったかな。太田プロに引き抜かれるときに、オイラは最低保障として月16万円を約束してもらったはずだよ。で、売れ始めてからはギャンギャン文句を言って、ギャラ配分を五分五分にしてもらったかな。

裏付けがある話じゃないし、時代も違うけど、吉本の待遇がイマイチなのは間違いないだろうな。それなのに、一方じゃ国と組んでウン十億円という大金が動く事業をやってたりするし、騒動の収拾に動いたダウンタウンの松本人志がやってる映画で赤字を垂れ流してもおとがめなし。それなのに、いくら働いても自分たちのギャラは上がらない。そりゃあ面白くないのもいるだろうよ。この問題を機に、闇営業で名前が挙がった以外の芸人からもドンドン文句が出てきたけど、そういう不満が常にあったんだろうね。

さっき言ったように、芸人ってのは「猿まわしの猿」だ。だけど、待遇まで猿扱いじゃたまらない。猿がいないと食えなくなることを自覚しなきゃ、そりゃ芸能事務所はおかしくなるよ。オイラも2018年に、自分で作った「オフィス北野」を出て独立した。一番の理由はたけし軍団や若手の芸人がカツカツなのに、大して働いてもいないスタッフたちが驚くような給料をもらっていたことだった。そのうえ、オイラが休みなく働いてジャンジャン稼いでいるのに「赤字」だという。そりゃ納得いかないし、組織のあり方に問題があるのは間違いない。

芸能事務所は、芸人ありきの商売だ。それはオフィス北野でも、吉本興業でも、他の事務所でも変わらない。宮迫や亮が暴露した「全員解雇するぞ」「テープ回してないやろな」の話みたいにスタッフが芸人に高圧的に接しているとしたら、それは了見がおかしいよ。

芸人6000人は明らかな過剰供給だ。「養成学校」というビジネスがもたらした矛盾がある。

〝自称芸人〟を作り上げるシステム

吉本がそんな風になってしまった理由のひとつは「芸人養成学校」じゃないかと思う。若いヤツが学費を払って「芸人にしてもらう」という仕組みが、何か歯車を狂わせたんじゃないだろうか。

本来は芸人になる素質も運もない人間が、そこを卒業すりゃ自動的に「芸人」と名乗れてしまう。そいつらが大成しようがしまいが、学費として取りっぱぐれのないカネが入ってくるおいしいシステムだから、事務所はドンドン生徒を募集する。その結果、６０００

人なんて過剰な〝自称芸人〟ができあがるわけだ。そんなヤツラを本当に芸人と呼べるのか。

それに、運良く売れたとしても、事務所のほうからしてみりゃ「自分たちが育ててやった」という意識が強い。だから自ずと高圧的になる。そういうところが多分にあるから、「芸人ファースト」なんて言葉が口だけになっちまうんだよな。

6000人もお笑い芸人になれる時代ってのは、決して幸せじゃないと思う。最近のお笑いコンテストには1000組とか、2000組とか信じられない数のエントリーがあるらしい。今の時代は「M－1」だの「R－1」だの「キングオブコント」だの、コンテストが色々あってうらやましいなんていうヤツがいるけど、オイラにはそうは思えない。

結局、お笑いコンテストに応募者が殺到するのは、テレビで有名になれなきゃ食えない事情があるからでさ。「自称芸人」は多くても「食える芸人はほんの一部」ってことの裏返しなんだよ。

「テレビに出るヤツが偉い」という勘違い

芸人養成学校みたいなものが成立するのは、テレビのおかげでお笑い芸人がいつの間にか「偉い人」「憧れの人」になっちゃったからだろう。これはオイラの若い頃じゃ考えられないことだ。

昔は「芸人なんかになっちまいやがって、バカだなお前」と言われたもんだ。カタギでやってる一般の人よりも芸人は下にいて、世の中から落ちた人間という扱いだった。うちの母ちゃんは、オイラがフランス座で働き始めた頃、「息子は海外に留学してます」と答えてたぐらいだ。

昔の芸人は売れっ子になってカネを持っても羨まれることはなかった。わざわざ芸人なんて下品なものにドロップアウトしたんだからカネぐらい持ってもいいよという風に、世の中が大目に見ていたんだよな。

だけど今は貧乏芸人でも、テレビに出りゃ「すごい人」扱いでさ。下品な存在のはずなのに、なぜか扱いが上がっちゃったんだよ。それで「あわよくば自分もそうなれるかも」と思うヤツがいっぱい出てきた。テレビで売れて、カネ持ちになりたいヤツがいっぱいいるから「芸人飽和社会」ができあがった。

「芸能人なんて世間に誇れるものじゃない」――最近は芸能界にいるヤツラもそのことを

忘れてる。

お笑いが見下されるものだったからこそ、昔のオイラは反発して「頭を使った笑い」をやろうとした。で、そこそこ漫才やバラエティ番組が世間に認められて、評価されるようになってきた。そこまではよかったんだけど、この頃は「芸人は偉い」と勘違いするヤツが出てきておかしくなってきた。ネットで偉そうなことを言って炎上したり、学歴や知識をひけらかすくせにたいした笑いも取れないような芸人が増えちまってさ。その点、はき違えちまってるヤツが多いのは困りもんだよ。

「会いに行けるアイドル」という大矛盾

テレビを扱うヤツラがもっとカネを儲けようとして、誰でもタレントになれるような状況を作り出した。さっきの芸人養成学校もそうだけど、そうやってタレントの底辺を拡大すれば、産業自体が潤うわけだ。

だからお笑いに限らず、最近はアイドルもやたらと増えてしまった。ご当地アイドル、地下アイドルなんて言って、ジャンジャン「普通の人」が芸能人になってしまっている。

それによってトラブルも増えた。こないだは新潟が拠点のアイドルグループ「NGT48」のメンバーが、自宅の前で待ち伏せしてたファンに暴行されたって事件で大騒ぎだったよな。

このグループのことはよく知らないし、オイラには事件の真相もわからない。だけど、地方都市に何十人もアイドルがいれば、そりゃファンとの距離が近くなりすぎるのは当然で、万全のセキュリティで全員を守るのは難しいだろう。

アイドルの数が増えて需給のバランスがおかしくなっちまったうえに、スマホやSNSもあるせいで、ファンが「仲良くなれる」と勘違いしやすくなってるんだよな。

そもそも「手の届くアイドル」って概念からして矛盾しているよ。アイドルは「偶像」で、「手の届かない存在」だから価値があるのに、ファンのところまで降りてきちゃマズいだろってね。そもそも芸人以上に「容姿」や「声」という先天的な素質が大きいアイドルって職業は、「自分からなろうと思わなくても世間がほっとかない」という、ごく一部の恵まれた存在にだけ許されたもんなんでさ。

男のアイドルグループのスキャンダルもあった。2018年末の紅白歌合戦に出場した

「純烈」のメンバーのひとりが、売れない頃につきあっていた女を殴ったりカネを巻き上げたりしていたってトラブルが報じられてさ。で、結局そのまま芸能界引退にまで追い込まれてしまった。この「純烈」ってのは、営業で健康センターやスーパー銭湯を回ってオバチャンたちに大人気になったんで、「スーパー銭湯の星」なんて呼ばれていたわけだけどさ。

言い方は悪いけど、オバチャンたちと笑顔で握手してカネをもらっているわけで、アイドルやスターというより実態は「ホスト」に近い。素人が「お前は芸能人だ」と祭り上げられて、そういうヤツラがさらにファンをカモにする。

これが猫も杓子もアイドルになれる時代ってものの正体だよ。

「アウトロー」は決して芸の肥やしにならない。本物の名人は、決して「陰の努力」を惜しまない。

芸人は「幸せな時代」にしか生きられない

さっきオイラは「芸能事務所は芸人に最大限の敬意を払え」と言った。だけどこの頃は甘えてる芸人が多いのも事実だ。

芸人なんてのは、そもそも収入が不安定なことなんて織り込み済みで、「お笑いが好きだから」「一発当ててやろう」と自分から望んで始めた商売なんだからね。どんなに苦しくても、バイトでもなんでもやりながら耐えなきゃいけないのが前提なんだよな。

東日本大震災やこないだの台風被害でも実感したことだけど、生きるか死ぬかの局面では芸術や演芸なんて二の次、三の次で何の役にも立ちやしない。今にも飢えて死にそうな人間は、ピカソやゴッホの絵があっても目もくれないで、水や食料に群がるはずだ。ましてや、芸人の漫才を見て笑おうなんて余裕はまるでない。さっき「芸人は社会の最底辺だ」と言ったけど、それに加えて「社会が平和だからなんとか成り立つ商売」なんだよな。

それでも自分が「やりたい」と言ってやってる仕事なんだから、そりゃカタギと同等の保障なんてあるわけないんでさ。世の中を見れば、「やりたくない仕事だけど生活のために続けてる」って人はたくさんいるんだからね。その辺の覚悟は持っておかないと、知らないうちに「甘え」は大きくなってしまう。

本当の「芸の肥やし」とは

よく芸能界では、女遊びやら、夜のつきあいを「芸の肥やし」と呼ぶことがある。だけど長く芸の道でやってきて、それは誤解だと思うね。別に「悪さ」をいくらやらかしたって、芸の肥やしにはならない。それは漫才にしたって、落語にしたって同じじゃねェかな。

え、サンザン遊んできたお前が言うなって？　それは確かにそうかもしれないな（笑）。

だけど、遊びも仕事もそれなりにやってきたからこそ言えることってのもあるんだよ。

オイラは2019年の大河ドラマ『いだてん〜東京オリムピック噺〜』で、古今亭志ん生さんという落語の名人を演じた。

そのオファーを受けた頃、オイラは「立川梅春《ばいしゅん》」を名乗って、けっこう真剣に落語に取り組んでいた。そんなときに落語の神様のような人の役がくるってのはありがたい話だったけど、一方で「もっと勉強しなきゃ申し訳ない」と思って、志ん生さんの落語を何度も何度も聴き込んだんだ。そしたらすごさが骨身に染みた。

漫才は近頃でも上手いヤツがジャンジャン出てきているし、いまだにレベルが上がり続けてる。だけど落語は、志ん生さんを超えるのは見当たらない。歴史があるぶん、とっくの昔に落語は芸として完成してたんじゃないかな。50年以上前に活躍してた名人の技術に、この時代の人間がどれだけ頑張ってもなかなか追いつけない。それってものすごいことだ。まさに「古典」の強みだよ。

オイラが長くやってきた漫才のやりとりは、コンマ何秒の「間」を詰めていくという作業だ。「ツービート」はそのスピード感で世に出てきたところがある。だからそれに慣れてるオイラは、ちょっとの間を空けるのが不安で仕方がない。

一方で落語は、噺家が「心地よい間」を作り出すことが何より大事だ。落語の上手い、下手っていうのは、「間」の取り方でほとんどが決まってしまう。だからセンスがないヤツの落語は「間」の取り方が悪くて聴いていられないし、志ん生さんみたいに心地よい「間」を作れる人の落語は、時代を超えても素晴らしい。

オイラは、映画は「間の芸術」だと思ってるんだけど、落語もそうでさ。志ん生さんの噺を聴いていると、まるで映画みたいに画が見えてくるんだよ。そして志ん生さんの芸は、「オレを見ろ」って押しつけがましさを絶対に感じさせない。それは徹頭徹尾、客が喜んでくれればいいって考え方なんだからだと思う。残りの人生でこの境地にどれだけ近づけるか。これから先のオイラの課題だよな。

なんで長々と志ん生さんの話をしたかというと、これがオイラの「芸の肥やし」の考え方につながってくるからなんでさ。

『いだてん』でも、いろんな逸話でも、昔の志ん生さんのことを呑兵衛で自堕落なヤツだったと描いてる。だけど、オイラは実際のところはちょっと違うんじゃないかと思うんだ。

本人がわざとそうアピールしたり、伝説として広まったりで、無頼なイメージが先行しているだけで、本質はものすごく真面目な人だったとしか思えないんだよな。

それは、あの人の芸を聴けばわかる。本当に志ん生さんが自暴自棄だったら、絶対にあんな高度な話術にはたどり着けない。小唄・端唄だって全部できるし、講釈まで一流なんでさ。才能さえあれば、毎晩飲んで稽古をしなくてもそうなれるか。この世の中に、そんな甘い話は存在しない。

大河ドラマの『いだてん』じゃ、志ん生さんの若い頃を森山未來が演じてる。酒に酔ってベロベロになって高座に上がったり、サンザン大失態をしでかすんだけど、師匠の橘家圓喬から「お前さんにはフラがある」と言われて目をかけてもらうんだよな。

「フラがある」というのは、落語家はじめ芸人にとっちゃ最大級の賛辞でね。噺の巧さとかとは違う、「生まれ持ったおかしさや愛嬌がある」とでも言った意味でさ。もちろん志ん生さんにそういう天性の素質があったのは間違いないんだけど、それだけで名人になれるわけじゃない。きっと遊び人のふりをして、コッソリ鍛錬ばかりしてたんだよ。

なのに、若いヤツラは、芸人の型破りなエピソードに憧れて、悪いところだけ真似しちゃう。そういや、オイラも若い頃は飲みまくっていたけど、それより本を読んだりネタを考えている時間のほうが長かったかもしれないぜ。

オイラは映画で役者もたくさん見てきたけど、演技の世界も同じだよ。オイラの『アウトレイジ』シリーズに出ていた新井浩文やピエール瀧が捕まったけど、そんなの役作りとはまったく関係ないからね。

同じ『アウトレイジ』に出ていた名役者の西田敏行さん、塩見三省さん、亡くなった大杉漣さんも、そろって礼儀正しい人格者だもんな。それでもいざカメラが回れば、本職顔負けの「ヤクザの凄み」を出すわけでさ。

才能はなきゃダメだけど、才能だけでたどり着けるレベルには限界がある。しかも芸能界で成功するには「運」も必要だ。芸の世界で成功するのは伝統芸能の家元に生まれたヤツ以外、宝くじに当たるような確率だよ。だけど、努力しなきゃ宝くじを買ったことにもならない。「努力が報われる可能性は限りなく低い。だけど、努力しなきゃ絶対に報われない」っていうのが真実でね。だからヘンなつきあいにかまけてる場合じゃないという面はあるんだよな。

今のお笑いのレベルはものすごく高い。だけど「時代」のために報われない可能性も高い。

お笑いの「アスリート化」

さっき「漫才の世界じゃ上手い若手がドンドン出てきてる」と話した。お世辞や謙遜じゃなくて、オイラが現役でバリバリやってた頃より、今の若手の実力派のほうが、絶対に漫才のレベルが上なのは確かだよ。吉本の関西芸人も上手いし、最近じゃサンドウィッチマンやナイツみたいな東の芸人もいい腕してる。

特に、「M－1」みたいなコンテストがメジャーになって、「漫才の競技化」に拍車がかかっている。オイラの若い頃、寄席やストリップ小屋で漫才をやるときは、15分くらいの尺があった。テレビに出るときでも、7分くらいは時間をもらってたんだよな。

だから、客の顔を見て場の空気を読んで、前振りやスジ振りをしっかりやってステージ上で徐々に客席を温めていくことができた。だから客のほうも聴いてるうちにジワジワ面白くなってくるし、芸人もそれに合わせてドンドン乗っていくことができた。

だけど「M－1」やらを見てると、だいたい4～5分くらいでまとめなきゃいけない。そうなると、ネタを練りに練って、余計なモノをそぎ落として、次から次にオチを繰り出していかなきゃならない。それだけシビアなところで揉まれているんだから、そりゃあ技術も上がってくるよな。

今のような漫才のスピード化に拍車をかけたのは、もしかしたらオイラかもしれない。島田洋七のB&Bとツービートで、ジャンジャンとテンポを速くした。それまでの漫才の倍くらいになったんじゃないか。とは言っても、速いのはオイラたちボケだけで、相方は合間にポンポンと相づちを打つだけ。こっちがバーッと喋って、きよしさんは「ああ、そうそう」とか「よしなさい」とか言うくらい。

ところが今の漫才は、ボケとツッコミの両方が速くなっている。コンビが同じスピードで掛け合いをしているから、体感として漫才自体が4倍速、8倍速になっているという印象だ。だから当然、笑いの総量も増してくる。それは相当の技術と積み重ねがなければできない芸当だ。若手がよく練習してるのがよくわかる。だからオイラは漫才コンテストの審査員は断ってる。とても上から目線で「お前たちの芸は〜」なんてやる気になれないからね。吉本の抱える「6000人」ってのが全員芸人を名乗れるレベルにあるとは思えないけれど、上位の1%ぐらいはなかなかすごいことになっていると思う。

「成熟はブームの終わり」

だけど、今の若手がかわいそうなのは、それだけレベルが上がっても、技術の向上が人気や稼ぎに比例するとは限らないことだよ。実を言うと、この現象はすべてのエンターテインメントに当てはまるんでさ。

人気商売においては、技術的に上手いか下手かというのはあまり問題じゃない。受けるかどうかのポイントは、衝撃的で、新鮮で、もう一回みたいと思えるかどうかってことだけなんだよな。

わかりやすくするために、ちょっとプロ野球にたとえてみようか。

長嶋茂雄さんや王貞治さんが巨人のV９時代にバリバリ活躍してた頃のプロ野球は、今とは比べものにならないほどの国民的人気があったわけだよ。だけど技術的な成熟度でいえば間違いなく、今のプロ野球のほうが上だ。V９時代は１４０キロ投げれば豪速球投手だっただろうけど、今じゃ１５０キロ超えのストレートを投げるピッチャーがゴロゴロいる。中には大谷（翔平）くんみたいに、１６０キロを平気で出すとんでもないのもいる。それに変化球の種類も段違い。バッターの飛距離もゼンゼン違う。

だけど、人気じゃゼンゼン王・長嶋にかなわない。地上波のテレビで最強のコンテンツだったプロ野球は、いまやBS放送でもたまにやらないことがある状況になっちまった。球場の集客は増えてるというけど、それは熱心なファンに限ったことだ。まさに「成熟はブームの終わり」で、すべてのエンターテインメントは技術が上がれば上がるほど食えなくなるという矛盾と戦っていくしかないんだよ。

つまり、今の若手芸人たちは努力したって報われない可能性がオイラたちの時代より高い。芸能界は昔から弱肉強食だけど、その傾向は今のほうが顕著なんだよ。

これだけ突出しにくくなったいまのお笑いの中で、もし爆発的に売れる芸人が出てくるとしたら、これまでの固定観念を吹っ飛ばすような「新しい漫才」をやるしかないだろう。スピード化が来るとこまで来た現代の漫才は、さながら二進法の「デジタル漫才」だ。それを逆手に取って、最近じゃ失われた、アナログ的な「味」のある漫才もいいかもしれない。福岡出身の博多華丸・大吉なんてのはそういうタイプかもしれないな。

今回の闇営業騒動でも謹慎食らったスリムクラブなんかは面白い漫才をやっていた。ボケ（真栄田賢）も、ツッコミ（内間政成）も、「あのォ……ちょっと……」みたいに間をたっぷり取る漫才だ。この行間にたっぷり余裕を持たせて笑いを取ろうとするやり方は、出てきた当時はすごく新しかった。だけど、それもまた次から次に出てくる若手に真似されて、消費されていく。だからもっと新しいことを考えなきゃいけない。本当につらくて厳しい世界だよ。

「芸能事務所がファミリー」なんてあり得ない

そんな厳しい世界なのに、こないだの闇営業の騒動じゃ、当事者じゃない芸人たちが

「処分された芸人たちを救え」なんて友情コメントを出したり、吉本興業の岡本社長が「吉本はファミリーだ」なんて気色悪いことを言ったりしてた。

あれには違和感があったし、正直なところしらけちまったよ。生き馬の目を抜くこの世界で、他人を慮るなんて、そんな甘いことはありえない。誰かが問題を起こして休めば、その分だけ誰かに仕事が回ってくる。いつも「ライバルはいなくなれ」って願ってるのが、芸能人の真っ当な姿なんでさ。

芸人なんて、本来は団体行動に向かない自分勝手なヤツラの集まりだ。吉本興業の件を見たって、それはよくわかる。キレイゴトを言ってるヤツラも、闇営業で謹慎を食らったヤツラに本気で救いの手を差し伸べたりはしない。真剣に会社と戦おうとするなら芸人が労働組合を作ったっていいはずだけど、そんな話はまるで出ない。まァ、それが当然だ。「自分ファースト」が当たり前の業界なんだから。

それに、こういう事件が起こったときにコメントするのは、それをきっかけに露出を増やしたいヤツラがほとんどだ。笑っちゃうのは清水圭。ブログで「自分も18年前、岡本社長から恫喝された。あの人は信用できない」って告白したら、世間から「お前なら仕方ない」「どうでもいい」と相手にしてもらえなかったというね（笑）。

極楽とんぼの加藤浩次だって、一時は「吉本の現体制が続くなら退社する」とまで言ったのに、結局ナァナァだしさ。やっぱり芸人なんて、そんなにかっこいいもんじゃない。

不祥事を起こしても、芸人は世間に媚びるな

だけど、宮迫にしたって、他の闇営業芸人にしたって、「ここまで言われなくてもいいじゃないか」という気もする。ニッポンの芸能界がヤクザと共にあったことは関係者ならみんな知っている。その責任を、ここ数年で出てきたような若手芸人におっかぶせること自体に無理があるだろう。

それに、そもそも「つきあっただけで社会的制裁を受けてしまう」ほどの悪党がなんでのうのうとシャバで遊んでるんだって話でね。カネをもらった芸人を追及する前に、そんなヤバい犯罪者を捕まえずに泳がせてる警察のほうが怒られなきゃおかしいじゃないの。

結局、ニッポンの政治も、警察も「暴力団や反社会的勢力を撲滅しよう」と口先では言うけれど、本気でやり遂げようとは思ってない。お上が手頃なところで落としどころを見

つけてナァナァでやってるのに、芸人くらいが「ヤクザと飲んだ」「一緒に写真を撮った」程度で人生を棒に振ってしまうなんて、どう考えたっておかしいじゃないかってさ。そもそもお笑いなんてのは、デタラメの大ウソで笑わせてカネを取る商売で、その点じゃ詐欺師と大して変わらない。そこにあんまり目くじら立てたって仕方がないんだよ。

よく「芸人は親の死に目に遭えない」って言うよな。客が待っているから、たとえ親が死んでもステージに立たなきゃいけないって意味に取られるけど、間違っている。芸人は親が死んでも平気で漫才ができて、笑っていられるような資質を持つヤツなんだ。「親が死んでも自分は大丈夫」というのが芸人だよ。

同じ芸事では、役者もそうだ。ウソで泣いて、ウソで笑っている。自分の感情なんてまるで捨てて、いつも舞台に入り込めてしまう。そういう意味で「人でなし」だ。

お笑いに唯一求められているのは、「客を笑わせること」だ。そのためには何をするべきか、すべきではないかを考えることだ。それが「芸人の作法」につながってくる。

なのに、世間一般の道徳を芸人に押しつけるから話がおかしくなる。

さっき話したスリムクラブが謹慎明けに闇営業の騒動をネタにしたら、「反省が感じられない」「不謹慎だ」って大ヒンシュクを買っていた。何言ってんだよ、こんなもん、1回謝りゃ十分だ。闇営業も笑いに変えるのが本当のプロだよ。こういうときは、やっぱり先輩芸人やら周りが率先してイジってやるのが一番だよな。腫れ物扱いされるよりは、そのほうがよっぽどマシだろってさ。

もっと最悪なのは、宮迫がやってた〝贖罪〟の方法だよ。騒動の後に、振り込め詐欺防止のチラシを配るボランティアをやってたけど、誰がそんなことして喜ぶんだよ。痛々しくて、今後誰も笑ってくれなくなっちゃうぞ。もう一度言う、芸人は「社会の底辺」だ。そこまで露骨に媚びる必要は全くないんだよ。

そういえば、最近は「NHKをぶっ壊す！」を公約に掲げた「N国」（NHKから国民を守る党）って政党が大騒ぎしてるんだって？　選挙でひとつの論点だけを主張する「ワンイシュー」というやり方がウケているというんだけどさ。この際、関西の芸人たちは「Y国」（吉本興業から国民を守る党）を結成すればいいんじゃないか。〝国民〟とはいうけどそれはつまり芸人たちのことで、マニフェストは「闇営業解禁で芸人の待遇改善」一本勝負なんだってての！

徳井義実の税金問題は、板東英二の「植毛」より恥ずかしい。世間をナメるとしっぺ返しを受けるのが、人気商売の宿命だ。

「税にルーズ」じゃ客にウケない

闇営業での芸人叩きが一段落したと思ったら、今度は税金だよ。チュートリアルの徳井義実の個人事務所が、東京国税局から7年間で1億円を超える申告漏れを指摘されたんだよな。

徳井は会見で「想像を絶するだらしなさだった」と反省している風だったけど、やってることはそんな言葉以上にムチャクチャだぜ。

税務署から再三にわたって申告しろと指摘されていたのに、サンザン申告や税金の納付を引き延ばしてさ。しびれを切らした東京国税局が、ついに調査に乗り出してスキャンダル発覚となっちまったというね。

徳井は3700万円の追徴課税を納めて修正申告したっていうけど、そりゃあこんなんじゃ世間の怒りは収まらないよ。これまで話してきた闇営業の問題とちょっと違って、税金ってのは国民みんなが苦しんでる問題なんだからさ。

世のサラリーマンは給料から税金を源泉徴収されて、経費も大して認められない。それなのにテレビでチャランポランなことをやってジャンジャン儲けてるヤツがズルをしてたというワケなんだからさ。闇営業や不倫なら「芸人だから仕方ない」って話になるけど、こと納税に関しちゃ、シビアな目を向けられて当然なんだよな。結局のところ徳井は10本以上持ってたレギュラー番組をかたっぱしから失うことになっちまった。「世間をナメてた」ってことが露骨にバレちまったからだよ。

税金がらみで芸能人のスキャンダルといえば、やっぱり思い出すのは板東英二なんだけどさ。

こっちも6年くらい前に申告漏れを指摘されたんだけど、そのときに「カツラは経費で落ちると聞いた。だから自分の植毛もいいと思った」なんて言っちゃってさ。わざわざ自分の頭が寂しい問題まで暴露しちゃった板東さんの場合はつい笑っちゃうけど、徳井の場合はあまりにも幼稚で、まるでギャグになっていない。

これって同業者からしたら本当に迷惑だぜ。これで世間から「芸能人はみんなズルして税金を払ってないんじゃないか」って思われて、税務署からのマークもガンガン厳しくなっちゃう。

オイラなんて離婚してスッカラカンになっちゃったうえに、いくら稼いだって半分は税金で持ってかれちゃうのにさ。徳井には「バカヤロー、ちゃんと税金払え」と言いたいね。

まァ、芸能人の税金問題ってのは、実はものすごくグレーゾーンが多いんだよな。人前に出る仕事だし、仕事の内容も広いんで、考えようによっちゃ「これも経費で落ちるんじゃないか」って範囲がドンドン広がってしまう。だから板東さんみたいなことが起きちまうわけでね。

まァ、大事なのは「これは仕事のために必要な経費なのか」って説明がキチンとできるかどうかだよ。報道によれば徳井は私服や旅行も経費計上してたっていうけど、これほど杜撰なことをしてたヤツが、そういうところを論理立てて考えていたとは思えない。

オイラは映画、小説、絵画、バラエティ番組とそれなりにいろいろな仕事をやらせてもらっている。だから経費を計上するときは「何のために必要だったのか」をできるだけ明確にしている。映画のロケハンなのか、小説のための取材なのか、バラエティ番組に出るから必要なものなのか――。それなりのカネをもらって世間から注目されているからこそ、そういうことは常に考えておかなきゃいけない。

逆に遊ぶときは、節約だとか経費だとかチマチマ考えずにパァッと遊べばいい。芸人ってのは「セコい」「ズルい」と思われたら致命的だ。人からやっかみを買う仕事だからこそ、その点ちゃんとやらなきゃ足下をすくわれるぜ。

政治家の「資産ゼロ」本当か?

だけど、メチャクチャ脇の甘い徳井とは対照的なのが、政治家たちだよな。徳井の税金スキャンダルと同じ時期に15人の新閣僚の資産が公開されてたけど、みんなゼンゼン資産を持っていないんだよ。

その中で資産が一番多かったのは環境相の小泉進次郎で2億9001万円だったというけど、それは全部ヨメさんの滝川クリステルのものだっていうんだよな。で、進次郎の資産はゼロ。そんなこと本当にありうるのか？

オイラが知ってる政治家はみんなとんでもないカネ持ちに見えるんだけど、どの人も公開される資産は意外なほど少ないいんだよ。なんかうま〜くオモテに見えないように工夫してるんじゃないかって気がするね。

徳井はいっぺん政治家になって「本物の資産形成術」をイチから学んだほうがいいんじゃないの。

あと、かわいそうなのが大河ドラマの『いだてん〜東京オリムピック噺〜』だよ。よりによって、ドラマのクライマックスの東京五輪で〝東洋の魔女〟と呼ばれた女子バレーボールを率いる大松博文監督の役で登場するのがあの徳井なんだからね。結局、徳井の出演シーンは編集で大幅にカットされたんだよな。

『いだてん』はピエール瀧もコカインがバレて降板になって大変だったのに「またか」って感じでさ。ラグビーW杯の日本戦が放送時間の真裏だったり、せっかく面白いドラマなのにまるでツイてないんでさ。

徳井は脚本のクドカン（宮藤官九郎）に謝りに行けっての！　ジャン、ジャン！

第2章

テレビの影、ネットの闇

バラエティ番組の「やらせ」に目くじら立てる視聴者は〝テレビの本質〟を誤解している。

バラエティは「やらせの歴史」

寛容さのまるでない時代に厳しい目が向けられているのは、芸人だけじゃなく、その主戦場の「バラエティ番組」も同じことでさ。

ちょっと前には、いま一番視聴率がいいバラエティ番組の『世界の果てまでイッテQ!』（日本テレビ系）にやらせ騒動があった。回転する大玉を避けながら25メートルの長さがある橋を自転車で渡るというラオスの祭りが、制作サイドが作り上げた「でっち上げ」だと週刊誌に報じられたんだけどさ。

こういう騒動は、お笑いのいいネタになるんで大歓迎だよ。オイラは調子に乗って、テレビ東京の特番の会見で「今度はラオスで橋を渡ろうと思います」って言っちゃってさ。翌日のスポーツ紙の見出しになって、大ヒンシュクを買っちまったというね（笑）。

まァ、世間の人たちは「けしからん」と思ってるのかもしれないけど、オイラに言わせれば、バラエティ番組なんてものが「本当」か「やらせ」か、そんなことに目くじらを立てるほうがどうかしてるよ。

もちろん、報道番組だったり、同じバラエティでも医療や健康を取り扱う番組なら大問題になったって仕方がない。だけど、「笑い」を目的にした番組なら「まァそんなもんだろ」で終わりだよ。

バラエティの歴史なんて、言ってしまえば「やらせの歴史」なんだから。

たとえば、オイラが日曜の昼にやってた『スーパーJOCKEY』（日本テレビ系）の「熱湯コマーシャル」だよ。アレが、本当は熱湯じゃなかったことはみんな知ってるだろ？　本当にグラグラ沸いてる熱湯にタレントを入れるなんて、そんなこと許されない。グラビアアイドルのオネエチャンが次々出てきて、水着に「生着替え」して風呂に入ってたけど、本当に熱湯だったらヤケドして、商売上がったりになっちまう。アレは温度調整されてて、実はぬるいぐらいの温度だったんだよな。

「熱がる」という芸もある

アレの本質は〝熱がり芸〟なんだよ。たけし軍団のヤツラはその辺心得てたし、一躍有名になったのがダチョウ倶楽部。上島竜兵なんて、あの「押すなよ、押すなよ」で大出世したんじゃないの。芸人にはウソで視聴者を楽しませる技術が必要だし、あの頃は観ていた視聴者もそれを薄々わかっていながら楽しんでたわけだよ。

とにかくあの番組は下品と言われたけどね。当時の日テレのお偉いさんが民放連（日本民間放送連盟）の会長になるっていうんで、「こんなのやってられない」って潰されちゃったようなところがある。でも、人間の本質として、「しょせん何だかんだ偉そうなこと言ったって、女の裸が見たいんじゃねェか」っていうのを平気でやって笑いに変えた。

その建前と本音の違いを楽しんでる「ノリ」をうまく表してたのが、あの〝熱がり芸〟だったんじゃないかな。

「やらせ」といえば、昔は他にもたくさんあったよ。秘境探索みたいな番組で「人類が初めてこの地に足を踏み入れる瞬間です！」なんて言ってるのに、その瞬間を〝未踏の地〟のほうからカメラで撮ってたりさ。「とっくにカメラマンが入ってるじゃないの！」ってオチなんだけど、それは言わないお約束というね。

そんなおおらかな時代は、いつの間にかどっかに行っちまったね。テレビがことさら「コンプライアンス」とかを気にし始めた頃から、バラエティ番組の冗談を真に受けちゃう人間が増えてきた。

『イッテQ！』のラオス祭り騒動のとき、日テレは確か、「企画についての確認が不十分なまま放送に至った」と謝っていたんだよな。そんなに真面目に謝るのもどうかと思うけど、この時代じゃ仕方がないか。でも、そもそも存在しない祭りをムリヤリ仕立て上げる必要があったのかって問題はあるよな。

「情報をもとに現地に向かったが祭りがない！　そこで現地の人も巻き込んで新しい祭りを企画した」――でゼンゼン構わねェだろ。そのほうがいかにもリアルでライブ感があって面白い。それなのに、宮川大輔の人気企画が「世界にあるヘンな祭りに参加する」ってルールになってるもんだから、スタッフが「実際に存在することにしなきゃ」って思っちまったのかな。それじゃあ、あまりに頭が固すぎるよ。

「脚色」より恥なのは「マンネリ」「二番煎じ」

だいたい、自転車で橋を渡る「橋祭り」の内容が、まるで『風雲！たけし城』（TBS系）のパクリじゃないかってさ。

デカい球がぶつかってきたり、失敗したら池に落ちてしまったりとかまさにそうだよな。東南アジアなんかじゃ、『たけし城』の放送がバカウケしたっていうんで、各地でそれを真似した番組やイベントができてるほどだっていうぜ。

どうせカネをかけて壮大な舞台装置を作るんだったら、「やらせ」とか「パクリ」なんて叩かれるチンケなものじゃなくて、世界から真似されるくらい画期的で笑えるものにしてほしいよな。それなのに、「本当に実在しそうな祭りに仕立てる」ってのは、発想もスケールも小さくてつまんないよ。

チマチマと体裁を整えて、〝ありがちなバラエティ〟を作るより、いかに豪快で規格外なことができるかを考えろっての。その意気込みがありゃ、そもそも「やらせ」だなんて言われないよ。テレビマンが何より恥じるべきは「マンネリ」と「二番煎じ」だ。結局、どんなに内容がこなれていても、「ウケたフォーマットの繰り返し」じゃ、いつか飽きられる。テレビってのは「何をしでかすかわからない」って意外性を持ち続けられるかが勝負なんだよな。

オイラは80年代後半から90年代、バラエティ番組の「新しい仕組み」をジャンジャン考えた。何でかっていうと、漫才ブームで関西の芸人がみんな浮かれてるときに、いつの間にか漫才で楽屋話をするようになったんだ。そんなものが、いつまでもウケるわけがない。オイラはそれを見て、「こんなブームはそのうち終わるな」とひとり冷めていた。だから早めに切り替えて、違う分野で新しいファンを作らなきゃいけないなって考えたんだ。

だから俳優もやったし、自分に何ができるか、いろいろなアイディアをひねった。その中でも特に力をいれたのが番組作りだ。

それまでバラエティはコント55号とザ・ドリフターズの天下だった。先を行ってるこの人たちに勝つには、それまで誰も見たことがない「新しさ」を感じさせる必要があったんだよな。みんなが驚くような画期的な番組を作らなきゃ、漫才とコントだけじゃいずれテレビにオイラの居場所はなくなるだろうって危機感があったし、何よりオイラがそういう番組を観たかったからね。

そこで生まれたのが、『たけし城』や『天才・たけしの元気が出るテレビ!!』(日本テレビ系)、『ビートたけしのスポーツ大将』(テレビ朝日系)、そしてクイズ番組の『平成教育委員会』(フジテレビ系)だったんだよ。自分で言うのもなんだけど、令和の時代になっても、バラエティ番組はほとんどこの4つの系譜に入っちまうんじゃないか。

『平成教育委員会』をやり出した当時は、もうクイズ番組の人気は下火になってた。だけど、バイク事故のときに暇で暇で仕方がないから、小学生が中学入試でやる問題を解いてみた。それがめっぽう面白い。「これだ!」と思ったんだ。いい歳したタレントがみんな解けないし、逆に頭の柔らかい子供は解ける。それが面白くて人気になった。今でもその構図は変わらない。『平成教育委員会』も特番で時々やっているし、他のクイズ番組も似たようなものだ。

『イッテQ!』だってそうだよ。ラオスの祭りはさっき話したようにそのまま『たけし城』だし、『元気が出るテレビ!!』のエッセンスも感じる。『筋肉番付』（TBS系）やら『SASUKE』（TBS系）だって、オイラからすりゃ『たけし城』の派生形だよな。正直、「その手があったか！」と驚いたり、「やられた！」と悔しがるようなバラエティはほとんどない。

どうしてそうなってしまうのか、答えは簡単だ。視聴率が取れないから、視聴率を取っている番組を真似する。分単位の視聴率を分析したり、視聴者の年齢を割り出したり、そういう細かいデータは取ってるのかもしれないけど、結局のところは「後追い」の思考回路で番組を作っている。だから「金太郎飴」みたいな番組がジャンジャンできあがる。

金太郎飴じゃ飽きられるのは当たり前なのに、テレビの人間は自分の頭で考えるのを止めて、いつの間にか流行りに群がるようになってしまった。よく夕方の情報番組で「行列のできるラーメン屋」なんて特集をやってるけど、テレビマンのほうが客の並ぶラーメン屋にとりあえず並んでしまうような心理になっている。

『平成教育委員会』のアイディアを初めにテレビ局の人間に話したとき、「それのどこが面白いんだ」という顔をしていたのをよく覚えている。先例がないからね。だけど、いざスタートしたら視聴率はあっという間に30％を超えた。

先例主義ほど無難に見えるものはない。だけど、それが自分たちの首を絞めていること に気がつかなきゃいけない。新しいものを生み出すためには、頭を一生懸命ひねらなきゃ。オイラもまだまだこれからできる範囲でやっていくけど、やっぱり若いヤツラがもっとバクチを打たなきゃダメだよ。

今のテレビは昔みたいにカネも使えないし、コンプライアンスとか色々と面倒な縛りがあって大変だから、なかなか自由にやれない仕方がない面はある。だけど、このままじゃ誰も地上波番組なんて観なくなっちまうぞ。

テレビ全盛の時代が長かったから、これだけ視聴率が落ちてもテレビの人間はどこかボーッとしているところがある。テレビなんてかなりいい加減なものなのに、「テレビで取り上げられてこそメジャー」「テレビで言っていることは正しい」みたいな感覚がニッポン人の多くにまだ残っているから、自分たちを「権威」と思ってしまっているのかもしれない。だけど、ものごとの優劣や成否をテレビが握っていた時代はそろそろ終わりだよ。みんな少しずつ、それに気がつき始めているね。

「自主規制」はテレビの自殺

もう「暇だからとりあえずテレビでもつけようか」とチャンネルを合わせてくれる時代じゃなくなった。これまでのテレビを脅かすような存在も、いろいろと出てきている。

ネットにつながったテレビやスマホには、Ａｍａｚｏｎプライムやネットフリックスがカネをかけて作ったオリジナルのドラマやバラエティ番組がウジャウジャある。「規制だらけの地上波テレビ」と「タブーが少ないネット配信番組」を同じ画面で比べたら、企画の斬新さで地上波は差をつけられ始めている。いまや、海外のテレビ番組もライバルだ。オイラも気がつくとＣＳの有料チャンネルで海外のスポーツ中継や骨太なドキュメンタリーを観てることのほうが多くなってきているからね。

これは「ＣＭスポンサー」の問題も大きい。地上波のテレビ局はＣＭスポンサーへの配慮と、視聴者から文句を言われないようにってことばかり考えて自主規制の嵐だよ。オイラもテレビじゃ「本当に言いたいこと」が何も言えなくてイライラしてるクチだから、「やりたいことがやれない」っていうストレスは大きい。

炎上騒ぎが起こると、テレビ局はドンドン「週刊誌や視聴者から突っ込まれちゃいけない」って考えちまう。だけど、それぐらいで日和《ひよ》ったらダメだよ。世間の良識派から少々怒られたって構わないから、とにかくインパクトがある番組を作らないとさ。

これは何もバラエティ番組に限ったことじゃない。外国が本気を出したら一番やられちゃうのは「報道番組」だね。記者クラブのせいなのかわかんないけど、ニッポンのニュース番組なんて、どこのチャンネルでも横並びの内容で、本当にヤバいネタなんてやりゃしない。まさにこの上ないガラパゴス状態なんでね。

もしここに、アメリカのCNNやCBS、イギリスのBBCみたいなのがマジで参入してきたらどうなるのかって話でさ。

こういう局がもしニッポンでジャンジャン取材して、「ニッポン人のためのニュース」を作ったら、すごいものになるかもしれない。「これに比べたら、NHKも民放もゼンゼン核心に触れてないじゃないか!」ってさ。

もし海外のメディアがその気になったら、国内のマスコミ勢力図がガラリと変わっちまうかもしれないぜ。

「知らずに批判するバカ」と「バイトテロ」を量産させた、インターネットの罪は重い。

ネットが作った「二元論で割り切る社会」

こういう風にテレビが凋落していくと、「じゃあ次はインターネットの時代か」ってことになる。でも、果たしてそうだろうか。ネットが幅を利かす時代ってのも、相当やっかいなものだとオイラは思っている。

みんなSNSだ、音楽や動画だ、ゲームだと、一日中スマホやタブレットにかじりついている。だけどあの小さな画面の中に気を取られて、本当に大事にしなきゃいけない時間をドンドン奪われていることに気がついていない。

それにネット社会というのは、よく言えば物事をシンプルに、悪く言えばものすごく単純化してしまった。「二極化」という言葉が使われるようになって久しいけれど、その傾向はどんどん強くなっている。

最近は日韓関係が悪くなってきてテレビや週刊誌でもジャンジャンやっているけれど、これもネットが右翼と左翼の対立をより先鋭化させている。歴史問題も政治経済の問題も、どっちが正しくてどっちが悪いかなんて、そんなに言い切れるものじゃないはずなのに、どっちも自分は「絶対の正義」で、相手は「完全な悪」だと言い張っている。

このないだ話題になった「あいちトリエンナーレ」って芸術祭もそうだ。「表現の不自由展」ってのをやるかやらないかでサンザンもめていたけれど、これも「右翼」対「左翼」のわかりやすい二元論。芸術ってのは、そんなにスパッと割り切れるもんじゃないけどね。

そもそもこの「表現の不自由展」の話がここまで盛り上がったのは、インターネットがあったせいだ。ネットのコメント欄やSNSでドンドン拡散して、「炎上」と呼ばれるほどの事態になった。10年くらい前なら「地方で変わったことやってやがる」という程度で、これほどギャンギャン言われなかった気がするぜ。

ＳＮＳやネットのコメント欄によって、誰でもモノが言える社会になった。それによって「少数派の意見が届く時代になった」というのならいいけれど、どっちかというと話は逆だ。

ネット社会じゃ、意見の対立は「論争」というより「リンチ」になる。優勢なほうが、少数派や問題を起こしたヤツを寄ってたかって袋叩きにするという構造になってしまう。いったん火がついてしまうと、もう止められない。叩かれるほうがどんなに弁解したって火に油を注ぐ結果になってしまう。

最近のネット炎上で怖いのは、「詳しくは知らないけれどけしからん」「実物は読んでない、見てないけど謝れ」なんてのが多いことだよな。炎上した発言の映像や、問題になった記事の中身を確認していないのに、それを批判するネット記事やツイートだけ読んで、「ふざけるな！」と激怒するヤツが多いんでさ。オイラも『ニュースキャスター』や『ビートたけしのＴＶタックル』（テレビ朝日系）での自分の発言を勝手にネット記事に上げられて、それで文句が来ることがあるんだよ。で、そういうヤツに限ってオイラのコメントを都合のいいように曲解してたりするしね。

他人に文句を言うときは、相手の発言の主旨をしっかり理解することぐらい最低限の礼儀だろう。最近は、ある程度世間に名前を知られた有名な評論家ですら、こういうことをやっちゃうからどうかしている。

ネットが作った「バカが簡単にモノを言う社会」は深刻だけれど、「事実を確認しないで批判するバカの量産」もかなり問題だと思うぜ。

ネット動画は「バカとガキの遊び場」

最近、「バイトテロ」ってのが問題になってるけど、これもネット社会が作ったトラブルだよな。コンビニや飲食店のアルバイトが、仕事中に店の信用を落とすような悪ふざけをして、それをネット上に投稿してしまうという話だけどさ。これだって、バカに「発表の場」を与えてしまったことが原因だ。ネット上で閲覧数みたいなものが上がっただけで「注目されている」と勘違いしたバカが、とんでもなく下品なことをやっちまうわけだからね。

世の良識派は「バイトとはいえ職業倫理を高く持てるような教育を」とか「店側も毅然

とした対応を」とかそれらしいことを言うんだろうけど、バカは死んでも治らない。それよりオイラが言いたいのは、「お前ら、スベってるのに気がつかないのか？」ということなんでさ。

寿司屋のバイトが魚をゴミ箱に投げて拾い直すとか、中華料理屋で中華鍋から上がる炎を使ってたばこに火をつけるとか、それの何が面白いんだ？　ただ気持ち悪いだけで、笑いのセンスのかけらも感じないよ。こんなレベルの低いものをネットに上げて、「注目されるぞ〜」と思ってるところが救えない。

どうせ寿司屋なら、どでかいマグロの腹を割ったらバイトが現れるとか、それぐらいインパクトのあることをやってみやがれってんだ。それなら「すしざんまい」の社長だってビックリだよ。

その点、オイラが昔やってた『ビートたけしのお笑いウルトラクイズ!!』（日本テレビ系）のほうがよっぽど過激で、見る人の度肝を抜いたはずだよ。グレート義太夫はじゃんけんに負けただけで全身をロウで固められた。大型クレーンで吊ったバスに、たけし軍団のメンバーやダチョウ倶楽部を乗せて、クイズを間違えると、大しけの熱海湾に沈められるというのもやったぞ。

もちろん「バイトテロ」なんてものは絶対にやっちゃいけないことだし、テレビ番組の企画と比べるのはナンセンスなのかもしれない。だけど、ひとつの真理としては「イタズラひとつでも、やったヤツの本性とスケールが見えちまう」ってことでさ。

人から咎められることと、他人の興味を引くことの意味の違いすら理解できてないわけだから、そりゃスケールの小ささはバレちまう。「新聞やテレビに載るような男になる！」と夢を語ってたヤツが、犯罪をしでかして新聞に載っちまうようなバカさ加減だよな。

ネット動画ってのは、テレビや映画と違って誰でも簡単に投稿できる。それは手軽でいいように見えるけど、逆を言えば「つまんねェぞ！」と言ってくれる客もいない。だから動画サイトが「バカとガキの遊び場」になっちまってるね。そもそも動画投稿サイトなんて流行のオモチャに乗っかって目立とうってこと自体、オイラにゃ幼稚に見えてしまう。

子供たちの「なりたい職業」の上位にユーチューバーが来るってのは、本当にお先真っ暗だぜってーの！　ジャン、ジャン！

第3章

ニッポンの影、政治の闇

小泉進次郎、滝クリの結婚は「格差社会」の象徴だ。逆風のきっかけは、あのツーショット写真だった。

国民が苦々しく思うのは当たり前

さっきの章で「ニッポン社会の二極化」について話した。その雰囲気を一番よく表してたのが、小泉進次郎と滝川クリステルが首相官邸でやった結婚発表会見だと思う。オイラがあのツーショット写真にタイトルをつけるなら「格差社会、極まれり」だよ。

だってそうだろ、セレブ同士でくっついて、一般人から見りゃ雲の上の話でさ。かたや貧乏人は毎日の暮らしにヒーヒー言ってて、結婚したくてもなかなかできない。たとえ結婚できたとしても、生活はより厳しくなっていく。この2人がニコニコ笑った姿は、そういう格差がますます広がった現代の象徴のように思えてしまうんだよな。

こないだの参院選じゃ、山本太郎の「れいわ新選組」が躍進してた。この党は「消費税廃止」や「奨学金徳政令」とか、実現するのがなかなか難しそうなことを公約にしてる。「左派ポピュリズム」と言われて批判も多いけど、一方で熱狂的な支持者もいてさ。

こういう政党が支持されるのは、やっぱり現状に不満を抱えてる層が多いからでね。結婚・おめでたというのは結構なことなんだけれど、滝クリや進次郎みたいな〝上流階級の慶事〟を心の奥で苦々しく思ってるのはきっと多いはずなんだよ。

まァ、国会議員だったり、有名企業の社長だったりってのは、できるだけプライベートじゃ目立たないほうが賢明でさ。

国会議員は国民の税金で食ってる。企業にしても、儲かるビジネスってのは基本的に庶民がカネを出してくれて成り立つもんだ。だけどそういう人たちが豪勢にやってたら、庶民には「コイツのところには投票しない」「コイツのところじゃ買いたくない」という意識が働いてしまう。たとえばオイラの知ってる社長は、ものすごいカネ持ちなんだけど、レストランや飲み屋では絶対に目立つ席に座らない。周りから見られないように、一般の人に混じってコッソリ飲んでいるんだよな。どんな業界でも「出る杭は打たれる」もんだから、その点は慎重にやったほうがいい。社会から注目される立場になると、「人にどう思われるか」をとにかく気にしてなきゃ生き残っていけない。売れりゃ売れるほど謙虚な姿勢が大事なんだよ。

「口先だけ」に国民が気づいた

オイラは「進次郎と滝クリのツーショットはきっと反感を買う」と、2人の会見直後に週刊誌で喋った。そしたら、その後でそれを裏付けるようなことがドンドン起こった。小泉進次郎が「安倍改造内閣の目玉」として環境大臣になった瞬間、いろんな発言が叩かれることになったんだよな。

きっかけは、記者に福島の汚染土の最終処分場について聞かれて、進次郎がこう言ったこと。

〈私の中で30年後ってことを考えたときに、30年後の自分は何歳かなと、あの発災直後から考えていました。

だからこそ私は、健康でいられればその30年後の約束を守れるかどうかというそこの節目を、見届ける可能性のある政治家だと思います〉

これが「何か大事なことを言ってるようで実は何も言ってない」「まるでポエムだ」と集中砲火を浴びちまったんだよな。

で、一度火がついたら止まらない。ニューヨークの国際連合で「気候変動問題に取り組むことはセクシー」と話したら、「恥ずかしい」「意味不明」と批判の嵐。

その後、今度は福島の汚染水の処理について聞かれたら、「のどぐろが好きだ」と言って、地元の漁業組合長とのエピソードを語り出して、あんまりズレた回答なもんだから、記者も呆れちまったということまであってさ。

進次郎は、とにかく物事の核心を突くようなことは絶対言わない。問題を理解してないのか、それとも自分の態度を明確にしたくないのか、どっちかだよな。もしかしたら両方なのかもしれないけどさ。

まずは「東京湾の環境改善」だろ

これまでは名前だけは売れてるから行く先々で「みなさん、大変ですね」なんてテキトーに声かけてりゃ人気取りもできたけど、これじゃそのうちソッポ向かれちまうぞ。「若いのにしっかりしてる」ってイメージだったのに、最近の発言だけで一気に「ただのお坊っちゃんじゃねェか」ってバレちゃった。「政治家っぽさ」を親父からコピーしただけで、何がしたいのか全く伝わってこないんだよな。ここから挽回するには、口先だけじゃなくて、どんな小さなことでもいいから実行することだよな。

とりあえず環境大臣なんだから、「汚すぎる」「トイレの臭いがする」って問題になってる東京五輪・パラリンピックのトライアスロン会場の環境改善をやったらどうだ？　選手たちが泳ぐお台場の海の水質を調べたら、大腸菌が国際トライアスロン連合が定めた基準値上限の2倍超も検出されちゃったっていうんだからね。

ここに進次郎が毎朝早くからやってきて、海洋ゴミを拾ったり、汚染のもとになってる排水やらを突き止めて、きちんと対策を提言してやればいいじゃないかってさ。それで東京湾が少しでもキレイになれば、歴代の環境大臣じゃ一番働いたことになるんじゃないの。いつもスーツの上に防災ジャンパー着て、施設を案内されてる様子がテレビに映るけど、あんなもん単なるパフォーマンスだからね。あれを着たって、別に直接何か作業をするわけじゃない。「気を引き締めてます」っていうメディア向けのポーズに過ぎないよ。

国民はみんなそんなことにはとっくに気がついているんで、たまには大臣自ら汚れ作業もやってみろって話なんだよな。

そうじゃなきゃ、東京五輪のトライアスロンは、まさに「世界一過酷な鉄人レース」ってことになっちまうぞ。ただでさえ真夏開催ってことで熱中症や台風直撃の危険性が叫ばれているのに、ここに大腸菌まで加わったらヤバいだろってさ。

水泳は目も開けられない真っ茶色の海、自転車に乗ったらヘンなカップルが白い高級SUVで「あおり運転」を仕掛けてきて、ランニングはエアコンの室外機の熱風がガンガン吹いてくるサウナのようなビル街を走り抜けるというね。

そうなりゃ、きっと「完走者ゼロ」で逆の意味での「伝説のレース」になっちまうぜっての！

「ワンイシュー」の政党に投票するなら、マニフェスト以外を見なけりゃ後悔するぜ。

丸山穂高は「足立区の居酒屋」がお似合い

まァ、そもそも「首相の息子」だからって、進次郎に期待しすぎたことが間違いなんだろう。国会議員なんて、若いのも年寄りもヘンなヤツばっかりなんだから。

丸山穂高って代議士が、元島民の人たちと一緒に訪問した北方領土で酒に酔って、「戦争でこの島を取り返すのは賛成ですか、反対ですか」「戦争しないとどうしようもなくないですか」なんて言っちゃって、所属してた日本維新の会をクビになった。

まァ、当然だよな。維新の会は大阪ダブル選で圧勝して勢いに乗ってたのに、こんな一件で水を差されちゃたまらない。こんなヤツばっかりだってバレたら、どんな勢いも止まっちゃうよ。この丸山の言ってることは、足立区の北千住あたりの一杯飲み屋でヨッパライが言ってることとまるで一緒だよな。「クソ～、ロシアなんて攻め込んじまえ」なんて、オイラの地元じゃベロベロになったオッサンがよく言ってたよ。

この丸山はまだ30代なんだってな。東大を出て経産省に入ったエリートらしいけど、大事な場面でこんなことを言ってしまうんだから救えない。「オッパイ揉ませて」のセクハラ発言で財務次官を辞めた福田淳一ってのも東大卒だった。アイツラを見ていると、「大学に入るための学校教育」がいかに意味がないかってことがよく分かるよ。

政治家も芸人も、人前に出てしゃべる仕事ってのは「場の空気」と「自分の立ち位置」が読めなきゃダメなんだよ。それはいくら酒が回ってたからって言い訳にならない。そもそも「酔っていい場所か」を判断することすらできてないってことなんだからさ。

「復興よりも議員が大事」とか失言を連発して五輪担当大臣を辞任した桜田義孝って議員もそうだよな。この人、性根はそんなに悪くないとオイラは思うよ。きっとスナックか居酒屋で会えば冗談ばかり言ってる気のいいオジサンなんだよ。だけど、それを「政治の場」で言っちゃアウトだよ。ネットで炎上するヤツもそうだけど、最近そういう感覚が鈍っているヤツが多い。後先考えずに無神経なことを言ったりする騒動ばかりだよ。

多数決社会が幸せとは限らない

その点、確信犯的に炎上騒動を繰り返しているのが「N国」だよな。立花孝志って党首自ら、マツコ・デラックスに噛みついたりいろんな騒動を巻き起こしててさ。さっき話した丸山穂高まで副党首にして引き入れちゃった。もう何が何だかよくわからないよ。

だけど、この党がけっこうな票数を集めて、比例で1議席獲ったのは事実だからね。「NHKをぶっ壊す!」を公約に掲げた「ワンイシュー」の選挙戦略がウケたんだよな。狙ってたのかどうかはわかんないけど、この戦略は意外と上手かったんじゃないか。

最近はデカいことばかり言って、実のない公約を立てる政治家が多すぎるからさ。足立区の区議選のポスターなんて、いつもヒドい。「国際平和を目指して」とか「難民問題の解決を」みたいなことばかり言っちゃってさ。そんなの足立区で頑張ってどうにかなるもんじゃないよ(笑)。それより足立区の区議なら、災害が起こったら23区で一番最初に停電になって、復旧するのは一番最後という「足立区差別」をまずは解消しろっての。

本来、地域密着しなきゃいけない田舎の政治家ほど、なぜかそうなるんだよな。これって、ニッポンの大学も同じでさ。一番いい大学が東京大学とか京都大学とか普通の名前なのに、〇〇国際大学とか、〇〇グローバル学科とか、名前がデカくなるほど教えていることがあやふやだったりする。

そう考えると、N国みたいなわかりやすい主張に票が集まるのはわかるよ。

だけど「ワンイシュー」ってのはちょっと怖いところもあるぜ。その〝マニフェスト〟には共感できたとしても、他は「何でもおまかせ」ってことになっちまう。

「改憲」やら「年金」やら、もっと大事なテーマでN国がどっちに出るのかよくわからない。「打倒NHK」って自分たちの目的のために、他の件じゃすべて長いモノにまかれてしまうんじゃないかってさ。民主主義ってのは、つまるところは多数決社会なんで、そういうことをよく考えて投票しないとヤバいんじゃないか。

オイラは民主主義なんて「1%の賢いヤツが99%のバカのために犠牲になる社会」だと思ってる。みんなで投票して決めた結果が、必ずしも素晴らしいとは限らないんだよ。

「働き方改革」に「紙幣刷新」……甘い響きに「政府の陰謀」のにおいがするぜ。

休みが増えて喜ぶのは国のほう

2019年は「平成」から「令和」に元号が変わるっていう記念すべき年だったわけだけど、新時代の幕開けがいきなり「10連休」ってのはズッコケたね。せっかく心機一転頑張ろうと思っても、しょっぱなからこんなに休みが続くんじゃ、やる気もカラ回りしちまうよ。

そもそも最近、どうも世の中の「休め」って圧力が強くてイヤになっちまうね。働き方改革だか何だか知らないけど、どうもウソくさくて仕方ないんだよな。

「働き方改革」ってのは、ザックリ言っちまえば「残業を減らせ」ってことだろ？　で、その代わりとして「副業は認めろ」「年寄りや主婦は働け」なんて言ってるわけだ。よくよく考えてみれば、サラリーマンより、国や企業に都合がいいことだらけじゃないか。残業が減りゃ、サラリーマンは残業代がもらえず苦しくなるけど、企業は余計な人件費がカットできる。「副業OK」なら、企業は足りなくなった人手を安く調達できるわけでさ。

年寄りがずっと働くようになれば、保険料もその分だけ長く納めるようになって、年金支給の繰り下げが増えるかもしれないしさ。どう考えたって国や企業のほうにオイシイ気がするんだよな。「休め休め」っていう政策をありがたがるのはヤバいかもしれないぜ。

その点、オイラはGWの最中も働きまくってたな。『ニュースキャスター』の特番やら、いつもより忙しかったぐらいでね。72歳にもなって仕事を貰えるってのはありがたい話で、休みたいなんてこれっぽっちも思わない。家にいたって、小説を書いたり、何かしてなきゃ落ち着かないしね。短いこの先の人生、ダラダラしてるヒマなんてないんだよ。

まァ、サラリーマンで安定した給料があるから「ほどほどに働いておけばいい」って考えを否定するワケじゃないけどね。だけど、「働きたいヤツが働けない世の中」ってのは健全じゃないぜ。どうも働き方改革ってのは、やる気があるヤツからもチャンスとモチベーションを奪いかねない気がするね。

紙幣刷新の狙いは「タンス預金」

そういう意味じゃ、「紙幣刷新」が発表されたのも、国や企業に都合がいい話でさ。「偽札防止」とかもっともらしい理由はいくつかあるみたいだけど、そういう割には「キャッシュレス社会」なんてのも呼びかけてる。これはきっと、「老人たちのタンス預金を吐き出させよう」という陰謀じゃないか。今、ニッポンのタンス預金は総額で50兆円もある。で、その大半を貯めこんでるのは60代以上と言われてるわけでさ。

新紙幣が発行されたら旧紙幣が使えなくなるワケじゃないけど、現金で持ってるほうは「今のうちに使っておいたほうがいいかも」「金融機関に預けたほうが安心」って気分になる。政府だって日銀だって決してそうとは言わないけど、きっとそういう空気を作りたいんじゃないか。

新紙幣の〝顔〟は、1000円が北里柴三郎、5000円が津田梅子、1万円が渋沢栄一か。血なまぐさいイメージのある戦国武将や、政策や主張によって評価が大きく変わる政治家は起用されにくいらしいけど、かといって「渋沢栄一」ってのはどうなんだろうね。渋沢は「日本近代資本主義の父」と言われてて、第一国立銀行やら東京証券取引所を作った大実業家だけど、それって米国の100ドル紙幣がビル・ゲイツになるみたいな感覚じゃないの。慈善事業をたくさんやったり、『論語と算盤』なんて名著もあったりで人格者だったのかもしれないけど、「お金儲けがうまい人」が紙幣になるってのは、ちょっと〝そのまんま〟すぎるんだよな。妙に〝最近の人〟だから、そういう生臭い感じが出ちゃうんだよ。〝大昔の人〟のほうが収まりがいい。聖徳太子復活じゃダメなのかな?

消費税「軽減税率」はやめて「チンチロリン税率」にしろ

あと面倒くさくてたまらないのが、10月1日から始まった消費税10%だよ。軽減税率で「8%」のモノと「10%」のモノが混在してるから、いろいろ面倒が起こってる。庶民や個人商店は増税だけで負担がデカいのに、さらに厄介なことを押しつけるんじゃないよ。「キャッシュレス決済でポイント還元」ってのもジャンジャン宣伝してるけど、みんなシステムを理解してるのかな? オイラの世代からすりゃ、余計ワケが分からなくなって、まるでありがたみがないんでさ。

きっとこのままじゃ消費はドンドン落ち込んじゃうね。２%の税率アップに加えて、面倒くささが庶民をより買い物から遠ざけちまうよ。どうせ増税するんなら、もっと消費者がウキウキするようなやり方はないもんかな。

たとえば「チンチロリン税率」とかさ。

メシ屋でもコンビニでも、レジにはどこもサイコロが３つ用意されてて、客が会計のときに転がすんだよ。で。出た目の合計が消費税率になるというね。たとえば全部３の目が出たら「９%」なんで、10%よりはちょっとお得になる。全部６だったら「18%」になっちまうけど、そこはボーナスも用意して、チンチロよろしく「ゾロ目なら逆に１割引き」とか「シゴロなら2割引き」なんてルールにしたら面白いじゃないかってね。

数百円、数千円の買い物でも十分盛り上がるし、車とか、不動産とかデカい買い物だったら、もう本物のギャンブルさながらの興奮が味わえるぜ。

上手くいきゃ、消費も増えて政府はいまより税金を集められるかもしれないぜ。たとえそれで消費税を多く払わされたとしても、自分でやったことだから納得できるしね。

五輪、万博、次から次へとイベントだらけ。災害だらけのこの国が「お祭り優先」なのはおかしいぜ。

五輪で一番喜んでるのはゼネコンだろ？

最近のニッポンってのは、どうも「お祭り頼み」になってる気がする。２０２０年の東京五輪、２０２５年の大阪万博と、なんとかデカいイベントを誘致して経済を盛り上げようとしてるみたいだけどさ。庶民が潤うかっていえば疑問だね。結局は箱モノを作ってるゼネコンあたりが喜んでるだけのような気がするけどさ。

だけど、チケットの申し込みは、希望者が殺到して大変だったらしいじゃないの。そもそも値段が高いよね。ウン十万円のチケットもザラなんだろ？　どうして、そこまでして

〝生〟で観たいもんかな。デカイ競技場で観るアスリートなんて豆粒みたいなもんだぜ。

たぶん真夏の観客席はムチャクチャに暑いし、セキュリティチェックで入場も大変だよ。トランプ大統領が大相撲を観にきたときの国技館みたいなことになりかねない。そう考えると、オイラは「別にテレビで観りゃいいんじゃねェの」って思っちまうな。

実際、オイラほど熱心にテレビでスポーツ観戦してるヤツはなかなかいないと思うね。毎朝のメジャーリーグの試合はもちろん、テニスの錦織圭に大坂なおみ、ボクシングのタイトルマッチやヨーロッパの自転車競技なんかも観てるんでね。小説書いてる合間にスポーツ観戦ってのが、オイラの日常なんだよ。

野球観戦にしたって、現場じゃピッチャーとバッターの駆け引きなんてのはなかなか分からないけど、その点テレビじゃボール1個の出し入れまで細かく見られるからね。

それに、最近はSNSなんてもんが流行っちまってるせいで、オイラがもしスタジアムの観客席に行ったら、スマホでパシャパシャ撮られて「生たけし観た」なんてネットに上げられちゃうからさ。最近、外にメシ食いに行くのが少なくなったのも、そういう風に「ネットの餌食」になるのがイヤだからなんだよな。せっかく大金を払うんなら、想像しただけで笑っちゃうような「特別席」があるといいのにさ。

たとえば、「ビーチバレーのオネエチャンを間近に見られる砂かぶり席」なんていいね。他には「プールの底から水泳観戦できる納涼席」とか「陸上100メートル決勝のゴールテープを持てるVIP席」なんてのはどうだい？　もし100メートルをそんな間近で見られるんなら、オイラだって考えるぜ。それくらい遊び心ある企画を考えてほしいよな。

どうせカジノをやるなら〝純和風〟にしろ

まァ、マジメに言わせてもらえば、五輪や万博にカネをかけるより、本当は全国に避難所を作るほうが先なんじゃないかと思うけどね。こないだの台風で千葉やら長野やら日本中が大変なことになっちゃったけど、これからだって同じようなことはきっと起こるぞ。

消費税を引き上げても、国民が本当に必要とすることにカネが回らないんじゃ、たまったもんじゃない。税金は五輪とか万博とか派手なイベントにジャンジャンつぎ込むんじゃなくて、困っている人のために使うべきだよ。オイラなんていくら稼いだって、半分は税金で持っていかれちゃうんだからね。無駄遣いされちゃ、腹が立って仕方がないんだよな。

五輪、万博に続いて、政府はカジノも推進しようとしてるけど、こっちも儲かるのは国民じゃなくて〝胴元〟だろ。で、カジノの仕切りはアメリカやら海外の企業だっていうじゃないの。適当に操られて、オイシイところは全部持っていかれちゃう気がするぜ。

わざわざニッポンでカジノを作るなら、「ラスベガス式」を真似したってつまんないと思うけどな。どうせやるなら〝純和風〟で勝負したほうが面白いだろってさ。「日本式カジノ」はバカラやブラックジャックじゃなくて「おいちょかぶ」「丁半博打」「手本引き」みたいな、昔の賭場でやったようなのがいいね。もちろんチップやコインも昔ながらの「木札《もくふだ》」に統一だよ。ディーラーのオネエチャンは、やっぱり『緋牡丹博徒』で富司純子さんがやった「お竜」みたいな気合いが入ったヤツじゃなきゃさ。「入ります！」と一勝負打つたびに、和風美人が背中の入れ墨を見せてくれりゃ、外国人客も「オー！　ファンタスティック！」と大ウケ間違いなしだよ。

入場料を6000円も取るってのなら、質の高いエンターテインメントにしてほしいもんだよな。ギャンブルなんてものは、そもそも胴元が勝つって相場は決まってるんだからね。そのくらいのサービスは必要なんじゃないか。

自分より弱い者を選んで殺す凶悪殺人は「無差別テロ」ではなく「差別テロ」だ。

身勝手な悪意は「弱者」へ向かう

２０１９年に起こった事件で特に腹が立ったのが、川崎で起こった20人殺傷事件だった。51歳の岩崎隆一って男が、スクールバスに乗るためにバス停に並んでた小学生や保護者を次々と襲ったんだよな。で、20人を切りつけた後、自分の首元を刺して自殺しちまった。そのせいで、その男が何でこんなむごいことをやったか、動機も何もかも分からないままになってしまった。この事件では11歳の女の子と、39歳の外務省職員が刺されて亡くなっている。

犯人は引きこもりだったらしいけど、こういう犯罪の何が許せないかって、たいてい「自分より弱い人間しか狙わない」ってことだ。

こういう事件を、世間ではよく「無差別テロ」とひとくくりにする。だけど、オイラはこの呼び方は間違っていると感じている。不特定で無関係の人に襲いかかるって意味じゃ確かに「無差別テロ」なんだけど、その一方で自分に向かってこない子供をターゲットに選んでる〝差別テロ〟じゃないかってさ。こういうヤツラの暴力は、決して自分より強そうな相手には向かわない。卑怯この上ないぜってね。

もしも誰かを道連れにして死ぬ気だっていうんなら、もっとデカいことをやってみろよ。オイラの映画『3－4x10月』（90年）じゃ、クライマックスで主人公がヤクザの事務所にガソリン積んだタンクローリーで突っ込んでいくけどさ。そういう「自分より強い相手」に向かっていく気合いはないいんだからね。

命を捨てる覚悟があれば、悪人に立ち向かってもいいし、北朝鮮に乗り込んで拉致被害者を命懸けで救出しようとしたっていい。だけど、そんなことは思いもしないわけだよ。カッコ悪いにもほどがあるよ。

こんな胸糞悪い事件は、大阪の大教大附属池田小を襲った宅間守以来だよな。宅間は「死刑にしてほしい」って自ら望んでて、オイラは事件当時、「絶対アイツの望み通りにしちゃいけない」ってジャンジャン色んなところで話したんだよな。だけど、結局すぐに死刑にしちまった。「死んでも構わない」ってヤツにとって、死刑はまるで懲罰にならないのにさ。

この川崎の事件の犯人もそうだけど、自分の人生をちゃんと生きようと食らいつかないヤツは、人の「死」についても軽く考えちまう。こういう甘えた大人を、これ以上増やしちゃダメだよ。

「一人部屋が必要」は本当か

最近、ニュースになることが多いのが「引きこもり」が関わる事件だ。さっき話した川崎の20人殺傷事件もそうだし、それを見て元農水事務次官が自分の息子を殺しちまったって事件もあった。農水次官を務めたような超エリートが引きこもりの息子の暴力に怯えてたっていうんだけどさ。

報道によると、元農水次官の件じゃ、自宅の部屋とは別にウン億円もする別宅を息子に与えてたらしいね。まァ、そこまでじゃなくても、いまどきの親は子供を甘やかし過ぎてるよ。そもそも、どこの家も子供に当たり前のように「1人部屋」を与えてるのが間違いなんじゃないか。ニッポン人はみんな「子供に1人部屋を与えてやりたい」って広い家を買おうとするけど、実はそれが「不幸の始まり」かもしれないぜ。

だいたいオイラがガキの頃は1人部屋なんてあり得なかったよ。ただでさえ家が狭いうえに、オイラは末っ子だったんで、家の中に自由なんてカケラもなかったんでさ。なんせ4畳半と6畳間の2部屋に家族全員が詰め込まれてるんで、どこにいても親の目が届いちゃう。センズリどころか、エロ本を隠す場所すらなかったんでね。引きこもりたくても、引きこもれない状況だったわけだ。

最近は自分の部屋にこもって、ネットで顔も知らないヤツラとばっかり話してるんだろ? それで部屋の前まで親がメシ運んできちまうから、安心して引きこもりになっちまう。オイラは悪さをすればメシも食わせてもらえなかったし、家の中でそういう当たり前のコミュニケーションがあったんだよな。

狭い家じゃ何もできないから、自然と意識も外に向くんだよ。「友達と野球をやろう」とかさ。マジメなオイラの兄貴（北野大）だって、しょっちゅう外に出てたぜ。

兄貴は本の虫で、毎日毎日遅くまで小さな灯りで小難しい本を読んでたもんだよ。だけど、オイラの家は親も兄弟も狭い部屋で一緒に寝てたんで、オヤジが「電気がもったいねエから消せ」ってうるさくてさ。しょうがないから、こっそり外に出て、街灯の下で夜中まで本を読んでたというね。

理由はどうあれ、昔の子供ってのはとにかく家の中にはいたくなかったんだよ。早く自立して、1人暮らしをしたいって思うのが普通だったんでね。

最近はなんでも〝子供の権利を尊重する〟って風潮だけど、それが裏目に出てる。いっそのことニッポンは「1人部屋禁止法案」を作るべきだね。子供からすりゃたまったもんじゃないかもしれないけど、きっと悪いほうには転ばないぜっての。

「教育委員会」を信用するな

一方で、親による「虐待」ってのも社会問題になっている。特に心が痛むのは、千葉県の野田市で小学4年生の栗原心愛《みあ》ちゃんって女の子が死んじまった事件だよ。実の父親が虐待して、それを母親も止められなかったって話でさ。こないだは、母親のほうも有罪判決を食らっていたよな。

この父親は、外から見たら虫も殺さないような顔をしてるんだよな。それが家では子供に酷い仕打ちをしてたのかと思うとゾッとするよ。最近はこういう児童虐待のニュースをよく聞くけど、どうしようもないのが「教育委員会」という組織だよ。

この女の子が〝父親から暴力を受けてる〟って必死の思いを書いて訴えたのに、教育委員会の担当者は、虐待の当事者である父親にその紙を見せちまったっていうんだからね。しかもそれは児童相談所に一時保護されてたのが解除されたばかりの危ない時期だったんでさ。父親のあまりの剣幕にビビって見せたって言うんだけど、そんなの言い訳にならないよ。昔から、教育委員会なんてものが必要なのかってオイラは疑問だったんだよな。そもそも、何のためにあるのか、普段どんな活動をするのかも見えてこない。

教育委員会の委員ってのはそれぞれの自治体のトップが決めてるんだってね。委員には小・中学校の元校長やら地元の名士やらが選ばれることもあるらしいよ。一応、「教育行政の独立」という大義名分があるみたいだけど、結局は誰かの既得権になってるだけなんじゃネェかって思っちまうんだよな。

いっそのこと、教育委員会は無駄な委員や職員をみんなクビにして〝家庭内暴力担当職員〟として元ヤクザでも雇ったほうがいいんじゃないか。家の中で弱い立場の者をいたぶるような卑怯者なんて、外の世界の怖い者の前じゃ、子犬みたいにビクビクするんだろうからさ。今回の事件みたいに父親が言い訳してきたって、ひとひねりだよ。

「オイ、お前、今度娘を泣かせたら俺が黙っちゃいねェぞ。やるなら、その覚悟でやれよコノヤロー」

こんな風にスゴまれたら、キンタマ縮みあがっちまうんじゃないかってね。え？ さすがにコンプライアンス的にアウトだって？ だったら「元マル暴デカ」でもかまわないよ。役に立たない弱気な役人に官僚的な対応をされるより、ちょっとぐらい血の気が多いヤツのほうが、こういう問題には向いてるよ。本当は虐待してる親のほうを先に捕まえるために、警察だってもっと児童相談所やらと連携を取れる仕組みにしなきゃまずいくらいなんでさ。キレイゴトばっかりじゃ、こういう根の深い問題は絶対解決しないよ。

神戸の「教師イジメ」は紛れもなく「犯罪」だ。もう小中学校の「義務教育」なんて廃止したほうがいい。

これぞ「反面教師」

とうとうここまで「レベルが下がっちまったか」と呆れちまったね。神戸市の公立小学校で起こった「教師イジメ」の問題だよ。30～40代の先輩教師4人が、後輩の20代教師たちに日常的に嫌がらせをしていて、その内容がヒドすぎたんで「悪魔の職員室」なんて呼ばれたんだよな。

セクハラやパワハラは当たり前で、激辛カレーを無理やり食わせて笑い物にしたり、新車を踏みつけたりサンザンやらかしてたらしい。週刊誌じゃ、男と女の後輩たちに「性行為をしろ」「証拠の写真を送れ」って強要したなんてトンデモない話まで出てきた。よくもまァ、ここまでタチの悪い嫌がらせを考えつくもんだよ。こんなヤツラが「先生」と呼ばれて、ガキに偉そうなことを言ってたなんて世も末だよ。

バカなガキがそのまま大人、それも教師になっちまったんだからさ。これまでオイラは、子供たちの間でのイジメについてサンザン意見を言ってきた。まず「イジメ」という言葉がおかしい。殴る蹴る、カネを巻き上げるなんてのは「犯罪」だ。イジメなんて言葉で誤魔化さないで、ハッキリ暴行罪、恐喝罪、脅迫罪って本当の「罪名」で呼ばなきゃダメなんだよ。

だから今回も「教師イジメ」なんてマイルドな言い方はしちゃいけない。今回の件は紛れもなく、「教師間の犯罪」だ。「反面教師」なんていうけど、この教師たちは文字通りのそれだ。ガキどものイジメよりもよっぽど陰湿でタチが悪いよ。ウラでそんなことをやっておいて、どのツラ下げて子供たちに「みんなで仲良く」なんて指導するのかって話でさ。

今回の〝犯罪〟について、同情の余地はまるでないけど、教師にロクな人材が集まらないのは「時代」によるところも大きいだろう。この頃の教師は、きっと自分の仕事にプライドを持てなくなっているんだろうね。

子供たちを叱り飛ばせば、親からギャーギャー文句が来る。親たちは教師の指導にハナから期待してなくて、勉強に関しちゃ塾に頼りきり。で、教師たちをナメた子供たちは〝学級崩壊〟まで起こしちゃうわけでね。こういうことは、もう10年以上前から言われてる。つまり、今の若手教師たちはそういう状況をわかってて教師になったわけだ。もしかしたら、覚悟を持って飛び込んできたヤツはごく一部で、ほとんどは「安定した公務員」ってだけで教職を選んだんじゃないか。

オイラがガキの頃の教師ってのは何より怖くて、冗談抜きに「神様」みたいな存在だった。当時通ってた足立区の梅島第一小学校で担任だった人は、短大を出たばっかりでハタチそこそこだったけど、親や地域の人からも「あの人は先生だ」って敬われていた。

オイラは何かやらかすたびにいつもボコボコにされてたよ（笑）。クラス対抗の水泳大会やらリレーで死ぬほど練習させられて、当時は「クソ〜」と思っていたけど、いま思うと楽しい思い出がいろいろあるんだよ。あの頃の教師にはちゃんと「子供を育てよう」って熱意とプライドがあって、子供たちや世間もそれを信じて支えてたんだよ。

だけど、そんな時代は過去のものになっちゃったのかもしれないな。ここまできたら、当たり前のように思われてる小中学校の「義務教育」が本当に必要なのか、そこから考え直したほうがいいのかもしれない。教師にしたって生徒にしたって、「公立校は義務教育だから辞めさせられない」ってナメてるから、ドンドン悪さをするヤツが出てくるんだからさ。「教育無償化」は最近の政治の流行りだけど、このままじゃ税金でバカを量産するだけだぜ。

オイラはこれまで「学習塾」ってものの悪口をサンザン言ってきた。学校じゃないところで、隠れてコソコソ勉強するなんて裕福な家の子供だけが得する〝ヤミ教育〟じゃないかってね。だけど、肝心の学校教育自体がここまで崩壊しちまったんなら〝逆転の発想〟もアリなんじゃないか。

どうせイイ大学に入りたいヤツラはみんな塾に行って私立の学校を目指してる。そっちは自分たちのカネでもう勝手にやればいい。そういう「学歴エリート」の流れに乗らないヤツは、職人になって一刻も早く手に職をつけたほうがいい。そのほうが社会の厳しさもわかるし、よっぽど立派になれるよ。それでも義務教育は必要だって言うんなら、公立校は全部「職業訓練校」にしちまったほうがいいと思うね。

最近は猫も杓子も大学に行くようになったけど、それで大学が厳しい現実から目を背けて、ちょっとボーッとしてようっていう休憩所みたいな存在になっちまってるからね。それよりも、大工だったり、寿司職人だったり10代からしっかり修業して働いてるヤツのほうがはるかに偉いと思うよ。

パナソニックとかソニーみたいな大企業が職業訓練校を作るのもいいな。そこで優秀な成績を修めれば自動的にその企業に入れるし、生徒がもっとレベルの高い教育を望めば企業のカネで受けさせてやるというね。企業もいい人材を確保できるから、いいんじゃないか。若い時から優秀な人材を見つけて教えれば、「リチウムイオン電池」の発明でノーベル化学賞をもらった旭化成の吉野彰さんみたいな超一流の研究者を社内で育てられるかもしれないしさ。

義務教育なんて廃止して、それぞれに合った環境を整えてやれば、くだらないイジメも減るはずだよ。オイラたちの税金で、これ以上バカを育てるのはカンベンだってての！　ジャン、ジャン、ジャン！

おまけ　その1

「天皇陛下御即位三十年奉祝感謝の集い」笑いと感動の「伝説祝辞」全文公開

２０１９年４月10日、東京・国立劇場で開催された「天皇陛下御即位三十年奉祝感謝の集い」。ここで天皇皇后両陛下への祝辞を述べたのがビートたけしだった。錚々《そうそう》たる登壇者が並ぶ厳かな雰囲気のなかで、コメディアンならではのボケと天皇皇后両陛下への尊敬を両立したその内容は、ニッポン中を「さすがはたけしだ」と唸らせた。

「わざわざオイラが呼ばれてるのに〝お笑いゼロ〟ってわけにはいかねえだろ？」――たけしは後日、照れ臭そうに語った。芸人の矜持が垣間見えるその内容を、全文公開する。

お祝いの言葉。

天皇皇后両陛下におかれましては、御即位から30年の長きにわたり、国民の安寧と幸せ、世界の平和を祈り、国民に寄り添っていただき、深く感謝いたします。

私はちょうど60年前の今日、当時12歳だったその日、母に連れられて日の丸の旗を持ち、大勢の群衆の中にいました。波立つように遠くの方から歓声が聞こえ、旗が振られ、おふたりが乗った馬車が近づいてくるのが分かりました。

母は私の頭を押さえ、「頭を下げろ！　決して上げるんじゃない」と、ポコポコ殴りながら「バチが当たるぞ」と言いました。私は母の言うとおり、見たい気持ちを抑え、頭を下げていました。そうしないと、バチが当たって、急におじいさんになっていたり、石になってしまうのではないかと思ったからです。

そういうわけで、お姿を拝見することは叶いませんでしたが、おふたりが目の前を通り過ぎていくのは、はっきりと感じることができました。

私が初めて両陛下のお姿と接したのは、平成28年のお茶会の時でした。

なぜか呼ばれた私に、両陛下は「交通事故の体の具合はどうですか」「あなたの監督した映画を観ています」「どうかお体を気をつけてください」「頑張ってください」と声を掛けていただきました。この時、両陛下が私の映画のことや体のことまで知っていたんだと驚き、不思議な感動に包まれました。

ただ、今、考えてみれば、天皇陛下がご覧になった映画が、不届き者を2人も出した『アウトレイジ3』ではないということを祈るばかりです。

また、おみやげでいただいた銀のケースに入っている金平糖は、我が家の家宝になっており、訪ねてきた友人に、1粒800円で売っております。

5月からは、元号が「令和」に変わります。私がかつて居たオフィス北野も、新社長につまみ枝豆を迎え、社名を変えて「令和」に対して「オフィス冷遇」にして、タレントには厳しく当たり、変な情をかけないことと決めました。

私は、自分が司会を務めた番組で、私たちがニュースなどで目にする公務以外にも陛下が、1月1日の四方拝を始め、毎日のように国民のために儀式で祈りをささげ、多忙な毎日を過ごされていることは、知っていました。

皇后陛下におかれましては、「皇室は祈りでありたい」とおっしゃいました。お言葉の通り、両陛下は私たちのために、日々祈り、寄り添ってくださっていました。私は、感激するとともに、今、感謝の気持ちでいっぱいです。

平成は平和の時代であった一方、災害が次々と日本を襲った時代でもあります。そのたびに、ニュースでは、天皇皇后両陛下が被災地を訪問され、被災者に寄り添う姿が映し出されました。平成28年８月、陛下は次のように述べておられます。

「私はこれまで天皇の務めとして、何よりもまず、国民の安寧と幸せを祈ることを大切に考えてきましたが、同時に事にあたっては、時として人々の傍らに立ち、その声に耳を傾け、思いに寄り添うことも大切なことと考えてきました」

国民の近くにいらっしゃり、祈る存在であること、そのお姿に私たちはひかれ、勇気と感動をいただきました。

改めて、平成という時代に感謝いたします。また、ずっと国民に寄り添っていただける天皇皇后両陛下のいらっしゃる日本という国に、生を受けたことを、幸せに思います。ありがとうございました。

おまけ　その2

ビートたけしが振り返る「爆笑！　平成10大事件簿」

――パンパカパーン！　たけし監督、今回は令和元年を記念する特別企画として「爆笑！平成10大事件簿」を開催します。新時代の幕開けを祝うとともに、平成30年間の出来事を振り返ろうという試みです！

たけし（以下、「　」内すべてたけし）「何がパンパカパーンだコノヤロー。またオイラをしょーもない企画に巻き込もうとしてやがるな。お前らはこの間の『天皇陛下御即位三十年奉祝感謝の集い』でのオイラの勇姿を見てないのかよ。あれでニッポン中が涙と爆笑と感動に包まれたんだぞ。なのにお前らは『AVネーミング大賞』とかいつも〝世界のキタノ〟の品位を貶めるような話ばかりもってきやがって」

——確かにあの祝辞は素晴らしかった！「オフィス冷遇」とか、『週刊ポスト』の連載のネタの使い回しもありましたけど。

「使い回しじゃねェよ！　オイラがポロッと話した仕込み中のネタを、お前らが勝手に載せたんだっての！」

——それに「アウトレイジの不届き者2人」って、3人の間違いでは？

「もうオイラはカウントしなくていいの！　フライデー事件は、昭和の話だぜ。クソ〜、今度はお前の編集部にカチ込んでやろうか」

——よしなさい！　そう言えばたけし監督が祝辞を披露した日、もうひとり〝主役〟がいましたね。今度は「復興以上に大事なのは〜」の失言でとうとう五輪相を辞任することになってしまった桜田義孝センセイ！

「あの人、あの式典にも出席してて、グーグー居眠りしてたんだよな。オイラ、祝辞を喋ってる最中もギリギリまで『そこの桜田大臣、ちゃんと聞きなさい！』ってネタにしてやろうかと思ってた（笑）。もうどうやったってマズイこと言っちゃうんだから、口にUS

B30本くらいずっと咥えといたほうがいいんじゃないの」

――この人、大臣として失言以外に何をやったのか最後までわかりませんでした。

「もしかしたら桜田センセイは〝野党から送り込まれた刺客〟だったんじゃないか。この人の失態で得したのは、野党側くらいだもんな。麻生（太郎）さんが〝子供を産まないほうが問題〟って言ったり、森喜朗さんが〝日本は神の国〟って言ったり、政治家に失言はつきものだけど、レベルがドンドン低くなってるよね。昔、森さんが浅田真央ちゃんに〝肝心なときにコケる〟って言ったけど、それはアンタのほうだろって（笑）。まァ、仕方ないか。エリート官僚トップの財務次官が〝オッパイ揉ませて〟〝縛っていい？〟なんてセクハラ発言しちゃう時代だからな」

MVPは「号泣王ノノムラ」

――平成30年間を振り返ると、桜田センセイ以上に「濃い」面々が数多く登場しました。

「事件、災害、いろいろあったけどやっぱり〝笑い〟という面で言えば『会見』が面白いよ。オイラのバイク事故後の〝顔面マヒナスターズを結成します〟ってヤツから、こないだのイチローの偏屈会見までいろいろあるけど、もっと笑えるのがいっぱいでさ。懐かしいのは、船場吉兆の女将が〝頭がまっ白になったって言え〟〝何も知らんって言え〟って息子に耳打ちし続けたアレだよ」

――船場吉兆「ささやき女将」事件（07年）！　食材の〝使い回し〟をしていた大阪の船場吉兆の記者会見で、息子に囁き続けた伝説の場面ですね。

「この女将、なかなか面白いんだよ。当時、オイラが東スポでやってる『ビートたけしのエンターテインメント賞』の特別賞をあげたんだけど、さすがに授賞式には来なくてさ。でも、こないだ『TVタックル』で取材したら、この女将がVTR出演して『たけしさん、あの時はすみませんでした』って言うんだよ。で、最後に『大阪にお越しの節は、ぜひ北新地の息子の店にもお越しください』って宣伝までしてるの。さすがナニワの商売人だね」

――転んでもタダでは起きないですね。それを上回るインパクトを残したのが、野々村竜太郎・兵庫県議（14年当時）の号泣会見！

「待ってました！　やっぱりこの人には勝てないよね。野々村センセイの『アバババババ！

ヴァーン！』という大泣きは今見ても笑っちゃう。芸人を超えたね。平成最大の爆笑会見だよ。この人、今は何やってんの？　オイラの新事務所に『号泣王ノノムラ』って芸名でスカウトしちまうか」

――巨人の伝説的エース・沢村栄治さんに対する侮辱です！　ちなみに14年は平成最大の「ヒンシュク人物」当たり年。「ゴーストライター問題の「現代のベートーベン」佐村河内守さん、STAP細胞騒動の小保方晴子さんも登場しました。

「佐村河内ってのは、ゴーストライターの新垣隆さんと、騒動発覚後は完全に立場が入れ替わっちゃったよな〜。ゴーストだったほうがテレビに引っ張りだこで、一方は雲隠れしちゃってさ。もう平成も終わったんだから〝ノーサイド〟ってことで、2人でタッグを組んで新曲を出したらいいのに。交響曲『ＲＥＩＷＡ』なんちゃってさ。だけど、あのＳＴＡＰ細胞問題ってのは一体何だったんだ？　小保方さんって、今でも〝ＳＴＡＰ細胞はあります！〟って思ってるのかな？　あの会見でのウルウルした瞳を思い出すと、何だかゾッとしちまうよ」

〝カツラ問題〟に進歩なし

――芸能界発の事件もたくさんありました。特に目立つのが〝クスリ〟にまつわるモノ。「アウトレイジの不届き者」の1人、ピエール瀧のコカイン事件は記憶に新しいですが、90年には名優・勝新太郎さんもパンツにマリファナとコカインを隠してハワイの空港で現行犯逮捕されています。

「褒めちゃダメだけど、勝さんの〝もうパンツを穿かないようにする〟ってのは名言だよな～。田代まさし、清水健太郎みたいに○年ぶり○度目という甲子園強豪校みたいな〝常連組〟もいるし、クスリは怖いね」

――世間に衝撃を与えたのが、清純派アイドル・酒井法子の逮捕でした。

「夫が捕まってから6日間も逃げてたからな～。当時、よくネタにさせてもらったぜ。芸名を『夜逃げのサカイ』にして再デビューしろってね。〝逃亡しまっせ、夜逃げのサカイ♪ ホンマかいなそうかいな、ハイ!〟って出囃子でさ」

――おちょくりすぎです! 芸能界からは「不倫ネタ」も多数。13年、元「モーニング娘。」の矢口真里さんが、自宅に男性を連れ込んで「間男不倫」。16年にはベッキーさんとバンド「ゲスの極み乙女。」ボーカルが「ゲス不倫」。他にも三遊亭円楽師匠の「錦糸町ラブホご休憩4500円」不倫（16年）など、色々ありました。

「まァ、北島康介じゃねェけど、この手の話に関しちゃオイラは『何も言えねえ』なんだよ。だけど、そもそもニッポン人ってのは渡辺淳一さんの『失楽園』とか『愛の流刑地』が大ヒットしたり、不倫には寛大だったんじゃねェの？ それがいつの間にか〝一発アウト〟で、ドンドン了見が狭くなっちまってるよ。『死ぬまで死ぬほどＳＥＸ』なんて言ってる『週刊ポスト』もコイツラを叩けないよな？」

――ええ、本誌は比較的「道ならぬ恋」に大らかな立場を取っております！

「何言ってんだ、バカヤロー。『週刊ポスト』といえば、昔アニータのヘアヌードやってたろ？ アレにはビックリしたぜ」

――01年、青森県住宅供給公社に勤める日本人夫が横領した10億円で、母国のチリに大豪邸を建てたチリ人女性。本誌記者がチリまで出向き、02年に彼女のヘアヌードを掲載しました。

「で、売れたの？」

――それがサッパリで……。でも17年の泰葉さんのヘアヌードは評判でした！

「ホントにバカな雑誌だな！　う〜ん、週刊誌は何がウケるかわからねぇよ」

――それでは最後にたけしさんが選ぶ平成の大ニュースは？

「〝カツラ絶滅せず〟だな」

――ん？　どういうこと？

「オイラは不思議でしょうがないんだよ。平成30年でこれだけ科学技術が進歩したのに、なんで〝一目で分かるヅラ〟はなくならないんだ？　あの有名作曲家とか、あの大物司会者とか、カネがあるのになんであんなバレバレのをカブり続けてるんだろってさ。おい、カツラ業界よ、令和時代はオイラに見破られない最新作を作ってみろっての！　ジャン、ジャン！」

第4章

話題の「芸能&スポーツ」一刀両断

樹木希林さんを追うように逝った内田裕也さん。「爆笑追悼秘話」でパアッと送り出すぜ。

「ロックは死なない」

サンザン迷惑かけられたような気もするけど、いざいなくなっちまうとさみしいもんだね。内田裕也さんが79歳で亡くなった。去年の今頃発売した、この新書の前作にあたる『さみしさの研究』でも、樹木希林さんが亡くなって「裕也さんのほうが心配だ」って話してたんだけどさ。

去年の夏、フジテレビの『ザ・ノンフィクション』で裕也さんの密着をやったんだよ。監督は裕也さん主演の映画『十階のモスキート』（83年）を撮った崔洋一、ナレーションが希林さん、オイラもいろいろ証言してさ。あの頃から、裕也さんは車椅子生活で弱々しかったからね。崔監督もスタッフも、みんな「この人の姿を残しとかなきゃいけない」という気持ちがあったんだろうな。

オイラも、裕也さん絡みの話になると、何だか断われないんだよ。昔から結構ムチャな頼まれごとをされてきたんだけど、結局あのペースに巻き込まれちゃう。まさに「ロックンローラー」を地で生きた人だよ。

裕也さんの話なら、いくらでもネタがあるぜ。湿っぽいのは裕也さんも喜ばねェだろうし、いっちょ「内田裕也爆笑伝説」をカマしてやろうか。

一番笑ったのは、裕也さんとオイラ、宮沢りえで共演した映画『エロティックな関係』(92年)の時だな。裕也さんはロケハンって名目で、撮影3か月前からフランス・パリに前乗りしててさ。

で、オイラがパリに駆けつけると、裕也さんが自信満々で「遅いぜ、いい撮影場所見つけといたよ」なんて言うんだよ。

で、ついていったら、その場所がエッフェル塔なんだよ。「どう？ スゴイだろ」ってさ。そんなの誰でも知ってるよ（笑）。

オイラたちが驚かないもんだから、「よし、今度こそ穴場に連れて行ってやる」って裕也さんが言うんだよ。で、向かったのがシャンゼリゼ通り（笑）。一体この人は、3か月間何をしてたんだって話でさ。

東京国際映画祭の舞台挨拶に出たときも、裕也さんはビンビンに興奮しちまってね。壇上にのぼったら、いきなり「レディース・アンド・ファッキン・ジェントルメン」、「ディス・イズ・ファッキン・ユーヤ！ サノバビッチ！」って放送禁止用語連発で自己紹介。オイラたちはズッコケちゃうわ、外国の報道陣は引いちゃうわでサンザンでさ。

あと、ある映画で共演した時、台本を読んだ裕也さんがいきなり怒り出したんだよ。「この台本、ファッキュー！ 何で俺が死ぬんだよ！」ってさ。

オイラが「映画の役なんだから仕方ないですよ」ってなだめたんだけど、「ロックは死なないんだ」って（笑）。もうワケわかんないだろ。喧嘩っ早い人で、いつも何かに怒ってたよ。

たけしさん、背中見てていいか

オイラが『オレたちひょうきん族』（フジテレビ系）の収録をやってた頃、隣のスタジオで歌番組の収録をやってた裕也さんが大騒動を起こしたこともあった。

オイラの楽屋にやってきた裕也さんが、「ちょっと聞いてくれよ！　吉川晃司のヤローが挨拶に来やがらねェ」ってスゴい剣幕でね。

で、裕也さんが吉川の楽屋に乗り込もうとグワッてスゴい勢いで出て行っちゃったんだよ。どうなることかと思ったら、吉川が、「裕也さん、本日はよろしくお願いします！」って丁寧に挨拶してさ。

それまでカンカンだったのに、「なんだ、イイ奴じゃねェか」って機嫌良く帰っちゃった（笑）。相手の態度次第でコロっと変わっちゃうカワイイ人なんだよ。

メシ屋でもビックリすることがあったね。

昔、オイラが六本木の寿司屋で飲んでたら、どこで聞きつけたのか、裕也さんがいきなり店にやってきてさ。一緒に飲みたいのかと思ったら、なぜかオイラの後ろに立って、ジイーッと背中を見つめてるんだよ。

「裕也さん、座りませんか」って言ったら、あの人「しばらくアンタのことを後ろから見ていたいんだ。俺のことは気にしないでくれ」なんて言うんだよ。

仕方ないから寿司屋のオヤジと盛り上がってたら、裕也さんがいきなり「ちょっと待て、寿司屋！」って叫び出したんだよ。

で、「さっきからたけしさんと楽しそうに話してるけど、ところでアンタ、ロッケンロールのことは一体どう思ってるんだよ」とか言い出してさ。

そしたら寿司屋のオヤジが「ロックなんて知らねェよ」なんて真面目に答えちゃうもんだから、もう裕也さんカンカンになっちゃって、「表に出ろ！」って。

それで裕也さん、下駄を履いて前掛けしたオヤジ相手に、「ロックってのはなァ！」って延々やってるんだよ。あの時は参ったね。

いつだったか、ホテルオークラのバーで待ち合わせたときも大変でさ。オイラが席に座ろうと思ったら、裕也さんが、「ちょっと待て！」って言うんだよ。

「たけしさん、そこはダメだよ。ジョン・レノンが座った席だぜ」ってね。バカヤロー、さっきゼンゼン知らないオヤジも座ってたじゃねェかって思うんだけど、裕也さんは絶対座らせてくれなくてさ。仕方ないから隣の席に座ろうとしたら、「そこはオノ・ヨーコの席だよ」だって(笑)。

都知事選に立候補したときの政見放送も凄かった。

「パワー・トゥー・ザ・ピーポー!」

「俺の周りは〜ピエロばかり〜」

なんて冒頭から指パッチンしながら延々とロックを歌っててさ。最後に「ラブ&ピース、ロッケンロール、トーキョー」ってカッコよく決めポーズを作ったんだけど、時間が30秒くらい余ってるんだよ。結局、カメラに向かってずーっとそのままの格好でいたというね。

この人、「人が注目する場所」をかぎ分ける天才なんだよな。なんでかわかんないけど事業仕分けの会場にいたり、東北の被災地とか有名人の葬式とか、いろんな所に神出鬼没で現われるんだよ。林家ペー・パー子も敵わない嗅覚だったよね。

実は天才コピーライター

サンザン笑い話をしてきたけど、マジメな話をすれば、裕也さんは「コピーライター」として凄い才能を持ってたと思う。『十階のモスキート』とか『魚からダイオキシン!!』とか普通の人には思いつかないし、なかなかのインパクトなんでさ。「内田裕也&トルーマン・カポーティ・ロックンロールバンド」というバンド名も、なんで作家の名前を引っぱり出してくるのかわかんないけど、なんだかセンスがいい。だけど残念なのは、みんな裕也さんの曲をよく知らないってことだよ（笑）。

それでもやっぱり日本のロックと言えば内田裕也なんだよ。実態はよく分からないんだけど、「ロシアといえばマトリョーシカ」「高崎といえばだるま」みたいにイメージとして認められる――そういう特殊な存在だったんでさ。考えれば考えるほど、面白い人だよな。

こうやって好き放題しゃべってると、「おい、たけし！」って明日にでもブチ切れ顔でオイラの前に現われそうな気がするんだけど、それももうないのか。

やっぱり裕也さん、さみしいよ。

オイラは見た！　市原悦子さんの「名演の秘密」「受け」の技術は天下一品だったぜ。

猛練習と「スイッチ」

裕也さんだけじゃない。樹木希林さんと並ぶ名女優の市原悦子さんも82歳で亡くなっちまった。代表作の『家政婦は見た！』（テレビ朝日系）ってシリーズが有名だけど、普段の素顔も家政婦さながらに「気配りの人」だったようだよ。

5年くらい前に、松本清張原作の『黒い福音』（テレビ朝日系）ってドラマで共演したことがあってさ。その中で主演のオイラと市原さんの掛け合いのシーンがあったんだよ。

リハーサルの前に、市原さんはマネージャーにオイラの役をやらせて、ずーっと台詞合わせをしてたんだけどさ。それが、端から見てても真剣そのものなんだよ。

女のマネージャーがオイラの役（刑事）をやってるんだけど、市原さんは「あなた、もうちょっと刑事らしく喋りなさいよ！」って厳しくてさ。そのマネージャーも必死に男の声色で読むんだけど、そりゃ無理な話でさ。

遠目にそれを見てたらなんだか申し訳なくなっちゃって、市原さんのところに行って、「それならオイラがやりますよ」って申し出たんだよ。やってみると、市原さんは台詞を完璧に覚えててね。読み合わせは覚えるためじゃなくて、より役に入り込むための作業だったんだよな。恥ずかしいことに、偉そうに練習役を買って出たオイラの方がカンペ頼みで台詞をちゃんと覚えてなかったというオチなんでさ。

だけど、市原さんと練習したお陰で台詞や役柄がけっこう頭に入ってきてね。結局、オイラが市原さんに稽古をつけてもらったことになっちゃった（笑）。

その集中力を見て、「やっぱり一流は違うな」って思ったよ。しかも市原さんの場合、リハーサルと本番でまた「スイッチ」が切り替わるんだよな。オイラとのシーンも本番でカメラが回るとまたグッと芝居が良くなってさ。そういうところは、この間亡くなっちまった樹木希林さんと似てるよね。

希林さんは「攻め」、市原さんは「受け」

だけど、２人は女優のタイプとしては対照的だったと思うぜ。

２人とも演技中の「間」の取り方が上手いんだけど、その間の使い方がゼンゼン違う。希林さんは共演者が熱演していたら、わざとそこに台詞をかぶせるようにして間を詰めたり、逆になかなか台詞を言わないことで間を外すこともあった。そういうやり方で、相手に実力の差を見せつけるというかさ。共演者からするといいところを全部持っていかれちまうから、「怖い役者」だったと思うんだよな。

市原さんはその逆で、相手の間に合わせるというか、「受け」を重視する役者という気がするね。相手の出方をよく見て、相手役の俳優の演技を引き立ててくれるというかさ。絶妙の間で台詞を入れてくれるから、相手も乗ってこれる。２人とも違った魅力だけど、市原さんと演る方がオイラは楽かもな。

それにしても、日本は替えがきかない女優を一気に２人も失っちまったね。

横綱・輪島に400勝投手・金田さんまで……
ああ、「怪物たちの昭和」は遠くなりにけり。

輪島とは銀座のクラブで知り合った

昭和を代表する名アスリートも亡くなってしまった。昭和の横綱・輪島と、400勝投手の金田正一さんだ。この2人の場合、アスリートなんて言い方は似合わないな。豪傑とか、野武士のほうが合ってるかもね。

輪島なんて、オイラより1つ年下だからね。先に逝くとは思わなかったよな。漫才ブームの頃、輪島はもう横綱で、力士としては晩年を迎えていたんだけど、よく一緒に遊んだもんだよ。

その時はたいてい（島田）洋七もいたんだけど、3人で朝まで飲んだときに酔っ払って洋七が化粧まわしを付けたこともあったよ。あれは一体何だったんだ（笑）。

笑い話は山ほどあってさ。いつだったか、輪島に「朝稽古の後にちゃんこでも食おうよ」って誘われて、洋七とビールをケースで買って部屋に行ったんだよな。だけど、輪島はいなくて、なぜだか坊主頭にマワシをつけた若い衆ばっかりだったんだよ。「なんかおかしいぞ」とは思ったけど、「どうぞ、どうぞ」って丼いっぱいの白飯と焼きそばが出てきてさ。「なんだよ、鍋じゃねェのかよ」って文句言いながら食ってたら、輪島がやってきて「違うよ、ここじゃねェよ！」って。

オイラたちが入ったのは輪島の花籠部屋の近くにあった日大の相撲道場だったんだよな。なんでだか、日大の学生たちはいきなり道場に入ってきたオイラたちにメシを出してくれたというさ（笑）。

輪島は地方場所や巡業で全国を回ってるから、地方のメシ屋やらオネエチャンがいる店にも詳しくてさ。オイラと洋七は、ツービートとB&Bで地方営業に行くたびに、「フグを食うならアソコがいい」とか「あの店のオネエチャンは口説ける」とか教えてもらって随分と世話になったよ。

なんでそんな縁があったかというと、通ってた銀座のクラブが一緒だったんだよな。担当のホステスは違ったんだけど、毎日のように顔を合わしてね。まさに昭和の大物って佇《たたず》まいだったぜ。

年寄株を担保にして借金しちまったり、色々と騒動も起こしたけど、少しも偉ぶらないいいヤツだったんでさ。

相撲取りといえば、タニマチに〝ごっつぁん〟するのが仕事みたいなところがあるけど、輪島がタニマチと一緒にいるところはあんまり見なかったから、飲み食いのカネも自分で払ってたんじゃないかな。

だからいつもカネが無かったんだろうね。もらった懸賞金をその日のうちにジャンジャン使っちまうんで、税金が払えなくなっちまったんだよ（笑）。困った輪島は、相撲協会に頼み込んで立て替えてもらってさ。

いまは協会が懸賞金から税金の分を引いて力士に渡してるんだけど、それは輪島の〝教訓〟からなんだってさ。

「180キロ出とった!」

金田さんも、一緒にゴルフに回ったりしたことがあったよ。もうとにかく、豪放磊落《ごうほうらいらく》を地で行く人だよね。国民的スターの王・長嶋も、この人の前ではタジタジというね。すごいパワーの人なんで、まさか死ぬとは思えないくらい。女郎屋からそのまま球場へ行って、ものすごい豪速球で抑えた、なんて逸話がゴロゴロ出てくるんだからね。コンプライアンスにうるさい今の時代なんて飛び越えた大スターだよ。

で、「ワシの現役時代にスピードガンがあったら、180キロは出とった」と真顔でいうのが笑っちゃう。で、横で聞いてる張本勲さんが「ワシもそう思う」と神妙な顔でうなずくというね。

笑い話なんだけど、本当にそうだったかもしれないというくらいのエネルギーがある人だったよな。破天荒な時代の人たちが次々いなくなるのは、寂しいね。

『いだてん』と『アウトレイジ』で共演したピエール瀧は、今思えば、肝が据わり過ぎてたぜ。

「どうも、ピエールたけしです」

縁が深いといえば、困っちまったのがピエール瀧だよ。意外に売れっ子になっちまってて、オイラとやたら共演が多いんだよな。

捕まったからそう思うのかもしれないけど、『アウトレイジ』の撮影中もちょっと思い当たる節があったんだよ。

オイラの映画に出る俳優は、結構な大物でも最初は緊張してトチっちゃうことが多いんだよ。だけどピエールはしょっぱなからやけに落ち着いてやがったんでさ。

その時は、「肝の据わったヤツだ」って感心してたんだけど、それがクスリのせいだったとしたら、ガッカリだよな。

だけど、撮影真っ最中だった『いだてん』はヤツの逮捕でてんやわんやでさ。ニュースの後、オイラが『いだてん』の現場に入ったとき、「どうも、ピエールたけしです」って挨拶したら、スタッフみんなドン引きだったよ（笑）。「たけしさん、笑えませんよ」って土気色した顔で言うんだよな。報道以来、ＮＨＫじゃ徹夜の再編集作業が続いてたみたいでさ。

作品自体も大変だよ。映画とかドラマっていうのは、途中で１人でも役者が変わると、それまでとは何かが変わっちゃうんだよな。別に主役じゃなくても、作品全体の雰囲気とか〝味付け〟みたいなモノに影響しちまうというかさ。

オイラが『ＴＡＫＥＳＨＩＳ'』（05年）って映画を監督したとき、結構重要な役で出すはずだったヤツに悪い噂が立ったんだよ。で、プロデューサーが「外したほうがいい」ってしつこく言ってくるんだよな。

撮影は全部終わってたんだけど、結局ソイツが出ない形で編集し直したんだよ。

そしたら、オイラがもともとイメージしてたのとは全くの別物になっちゃった。この映画はそもそも世界観が難しかったんでね。その変更がなかったらもっといい映画になってたかもしれないぜ。

芸能界はクスリくらいじゃ追われない

だけど、捕まったからって過去の映画とか音楽まで全部排除するってのはやり過ぎだよ。昔は勝新太郎さんがコカインやってたからって『座頭市』を観られないようにしようって話にはならなかったし、作品自体に罪はないんでね。そもそも芸能界自体、カタギの来るようなところじゃないんだから。安藤昇さんなんて、役者になる前は本物のヤクザじゃないかってさ。

ピエールはいつか戻って来れるのかな？　まァ、役者やミュージシャンみたいなジャンルは〝更生組〟も少なくないからね。でも、その時「やっぱりクスリがなきゃダメなのか」って思われる程度の演技じゃ話にならないんでね。その時までに自分を見直して、イチから出直してほしいんだっての！

「休場したら横綱失格」なんてスポーツじゃない。大相撲はそろそろ「神事」か「競技」かハッキリさせろ。

「休むと品格がない」の奇々怪々

せっかく若乃花以来のニッポン出身横綱誕生だったのに、大相撲の横綱・稀勢の里はさみしい引退になっちまったね。

昇進直後は大フィーバーだったけど、ずっとケガに泣かされてさ。無理して出場しちゃあ、金星を献上して途中休場という繰り返しでね。「8場所連続休場」やら「9連敗」やら、ちょっと残念な結果を残しちまったよな。

稀勢の里も、きっと悩んでたんだろうな。休めば「横綱の気概を見せろ」と言われるし、無理して出て負ければ「横綱相撲が取れてない」となっちまうわけだからさ。まァ、可哀想だとは思うね。

だからオイラは『ニュースキャスター』で「稀勢の里は犠牲者だと思う」って話したんだよ。本来ならもっとゆっくり休むべきだったのに、「日本人横綱が出なきゃ興行が盛り上がらない」って有形無形のプレッシャーを受けて、こんなことになっちまったんだから。

それにしても、「連続休場は情けない」って意見が当たり前になっちまってるけど、本当にそうか？　ケガがつきもので、体を酷使するスポーツなのに、なんで長期休養が許されないんだ？　それってただの精神論だろ。野球では、ダルビッシュ有や大谷翔平みたいに「トミー・ジョン手術」を受けて1～2シーズン棒に振っても、それで「エースとしての品格がない」なんて批判を受けることはないよ。

大相撲はブラック職場

結局、「スポーツ」なのか「金儲けのための興行」か、それとも「伝統の神事」なのかをハッキリせずにきたことのツケが来てるんだよ。

「スポーツ」なら、しっかり休んだり、リハビリを受ける制度を整えなきゃいけないよ。年間6場所はとても無理。「興行」という面を優先して年間6場所と巡業を維持するんなら、正々堂々のガチンコを求めることがナンセンス。「神事」なら、力士の国際化とか、根本的なことから考えなきゃいけないだろう。

その点、大昔の相撲取りは「1年を20日で暮らすいい男」なんて呼ばれていい身分だったんだよ。春と秋に十番ずつ相撲を取れば、後はチヤホヤされて飲んで食って暮らしていけたんだからね。

それに比べりゃ、いまの力士なんてブラック職場で、とても割に合う仕事じゃない。他のスポーツでも一流になれるセンスを持った若者が、わざわざ「相撲をやりたい」って思うはずはないよ。

「投球制限」「サイン盗み」「日の丸ポロシャツ問題」どうも高校野球はタテマエだらけで気持ち悪いぜ。

「日韓国旗ポロシャツ」なら問題解決

日韓問題がいろいろヒートアップしてるなかで、オイラが気になったのは8月〜9月にあった野球の「U－18ワールドカップ」だよ。１６３キロのボールを投げる大船渡の佐々木朗希とか、夏の甲子園準優勝の星稜・奥川恭伸みたいないいピッチャーがいたんで注目されたわけだけど、グラウンド外のほうも妙に騒がれちゃってさ。

韓国での開催なんで、選手の安全を考慮して「ＪＡＰＡＮ」の国名と日の丸が入ってない無地の白いポロシャツで会場入りしたっていうんだけどね。

なんで、そんな妙なことしちまったのかな。オイラはニッポンの代表として堂々と現地入りすればいいと思ったし、「韓国に行くと危害を加えられかねない」って広めているようにもとられかねないんでさ。

大会の途中からは日の丸入りのポロシャツを着てたっていうけど、オイラが代表の責任者だったら、日の丸を外すんじゃなく、日の丸の横に韓国国旗のワッペンをつけて韓国入りさせるけどな。そしたら誰もが友好的だって感じるし、距離も縮まるじゃないかってさ。そういうことを誰も思いつかなかったのかねェ。

「甲子園原理主義」も「投手を守る投球制限」も宗教臭い

ドラフトでロッテに決まった佐々木は、甲子園にこそ出なかったけどやっぱりこの夏の主役だった。岩手の地方予選の決勝で登板回避したことを巡って大論争が起きたんだよな。あとひとつ勝てば甲子園って大一番だけど、故障のリスクを心配した監督が前日も投げてた佐々木を試合に出さなかったというね。

選手の未来を守るべきか、連投させてでも甲子園という夢の舞台を踏ませるべきかって意見が真っ二つに分かれてさ。ダルビッシュ（有）なんかは登板回避に賛成してたけど、張本勲さんとか古いタイプは「高校生のくせに温存なんてけしからん！」って感じでね。

オイラは昔から「甲子園は虐待だ」って言ってきた。炎天下で、高校生にここまで負担を強いる大会なんてありえないし、時代遅れだってずっと言ってるんだけど、高野連（日本高等学校野球連盟）ってのは昔からずっと変わらないよな。

そもそも佐々木や指導者を矢面に立たせる前に、運営側が日程をしっかり考えりゃすむ話なんだよ。予選を1か月前倒しにすりゃ連投の問題は解決するし、甲子園だってもっと時間をかけてやりゃいいだろ。暑さ対策のためにドーム球場を使ったっていいはずだ。

なんでニッポン人はこと高校野球になるとこんなに頭が固いんだろうな。「古き良き高校野球」「伝統の甲子園」を守らなきゃいけないって気持ちが強すぎて、甲子園原理主義みたいになってるんだよ。

だけど、最近の「絶対に選手を守らなければいけない」って風潮もどうかと思うぜ。佐々木は決勝に打者としてすら出なかった。佐々木はチームの四番バッターで県大会じゃホームランも打ってたんだから、勝つためには野手として出場したっていいんじゃないかと思ったけどな。それだけで壊れるかもしれないっていうんじゃ、もう練習だってできなくなっちまうぜ。

それに「選手を守れ」って考えが極端になると、大谷翔平の二刀流だって「とんでもない」ってことになっちゃうよ。ピッチャーやって、その間にバッターとして試合に出て、なんてとんでもない酷使じゃないかってさ。

実際、アメリカ人だって大谷が大活躍するまで、「無理」「危ない」って二刀流に懐疑的だったワケだろ？　あんまり温存しすぎると、選手の可能性まで摘んでしまうことになるかもしれないから難しいんでさ。

最近、スポーツも政治も「ゼロか100か」の議論になりがちだよな。「すっぱり割り切れる正解」なんてものは世の中にそれほど多くないんで、白黒ハッキリした話はむしろ疑ってかかったほうがいいよ。

投球制限はいいけど「場数制限」は危ないぜ

佐々木はU－18の韓国戦で先発したけど、血マメのせいで1回投げただけですぐベンチに引っ込んじゃった。ちょっと拍子抜けだったよな。岩手県大会の決勝でも登板回避だったし、その後に日本代表のユニフォームを着てからもほとんど投げてない。あんまり場数を踏んでないけど大丈夫かな？

一方の奥川は甲子園に続いて、U－18でも圧巻の内容だったね。ジャンジャン三振取るんで観てて気持ちがいいよ。マウンドでの落ち着きとか迫力みたいなのは、田中マー君（将大）に似てる感じがあったね。ヤクルトでも即戦力になるのかな。

最近あちこちで「2人はどっちがスゴイのか」みたいな企画をやってるね。オイラにはどっちが大成するかはわからないけど、芸人目線でいえば「本番を経験してるかどうか」ってのは、後々効いてくるもんだよ。

漫才でいえば、2人だけでいくら練習したって大して上達しないし、面白くもならない。やっぱりどうしたって一番大事な「客の反応」ってのを肌で感じながらやることができないからね。10時間練習するよりもそのネタを披露する「客前での1分間」のほうがよっぽど身になるんだよな。

緊張しながら本番をやってると、「どこでウケるか」「何で笑うのか」という反応が目の前で見えるんで、また同じ芸をやるにしても「間」とか「リズム」が良くなるというかさ。そういうのは頭でいくら考えても意味ないんだよね。

その点、佐々木はどうかな。豪速球を投げることも大事だけど、すごいバッターとの駆け引きとか、大舞台でのここ一番の勝負の一球みたいな実戦が少ない気がする。それでも、プロの舞台で対応できるかだよな。メジャーのスカウトも注目するほどの高校生が2人も同世代にいるなんて珍しいんで、どっちも大谷みたいになってほしいよね。

野球は〝盗み〟のスポーツ

2019年の高校野球といえば、〝サイン盗み〟問題というのもあったな。センバツで準優勝した、千葉県の習志野が、対戦した星稜の監督から「二塁走者がバッテリーのサインをバッターに伝えてたんじゃないか」って猛抗議を受けたんだよな。習志野は「やってない」って反論したけど、「高校生が反則してまで勝利とはいかがなものか」みたいな論調が多くてさ。なんだか後味の悪い感じになっちまったというね。

だけど、もしサイン盗みをやってたとしても、それがそんなに悪いことなのかな。むしろ、サイン盗みを〝なし〟にしてる今のルールこそどうなんだろうと思っちまうよ。オイラから言わせりゃ、勝負事で「相手のクセや手の内を見破る」なんてのは当たり前なんでさ。格上を相手に揺さぶりや狙い球を絞るなんてことは〝弱者の兵法〟としてほめられたっていいことだと思うけどね。

まァ、オイラみたいなことを言うと「高校野球は教育の一環だ」みたいにいつも反論されるんだけどさ。だいたいニッポン人は甲子園を美化しすぎなんだよ。

そもそも野球は、〝盗み〟のスポーツなんでさ。盗塁に振り逃げ、偽投、隠し球なんてのまであるじゃないかってね。ルール上でズル賢くやることが認められてるんだから、清廉潔白である必要なんてねェよな。

高校野球なんて「勝つためならなんでもアリ」でいいんだよ。じゃないとそのうちエスカレートして「スチールするな」「次の配球を読むな」なんてことになっちまうぜ。そんなこと言ったら、強豪校が全国からカネ使って有力選手を集めるのを禁止にするほうが先だろっての。

イチローの「ヘンクツ引退会見」は天才ならではの〝らしさ〟が全開だっての。

ヤンキース時代が選手生命を縮めた

阿部慎之助、上原浩治と、いろんなプロ野球選手が引退した2019年だけど、やっぱり一番の大物はイチローだったな。日米で大記録を残した選手だけに、東京ドームでのマリナーズの試合の後は、最近じゃなかなか見ない派手なセレモニーになったよな。ドームに残ったお客の前でグラウンドを歩いてみせたのは、なかなか感動的だったよ。45歳か～。あのストイックに鍛え上げた体を見てると、まだまだやれたような気もするけど、それでも立派だよ。

オイラ、本当は「イチロー」って呼び捨てするのは気が引けるんだよ。どんなに年下でも、野球選手には面と向かったら「○○さん」みたいにさん付けで呼んじゃう。ガキの頃からの憧れの職業だったから、どうしても尊敬しちゃうというか、呼び捨てしにくいんだよな。

まァ、イチロー本人は開幕前のギリギリのタイミングで引退を決めたっていうけど、おそらく今回の東京での開幕戦が決まった頃から、それが「引退試合」になるってことは分かってたんじゃないかな。やっぱり歳をとって、試合からも長らく離れて、生きたボールがよく見えなくなってきちゃったのかね。守備や走塁に関しちゃ、そんなに衰えたようには見えないだけに残念だよな。

ずっとメジャーを見ていて、いまだに釈然としないのはイチローのヤンキース時代だよ。あの時にもっと試合で使ってもらってりゃ、通算成績もかなり伸びてたはずなんだよね。当時のヤンキースのジラルディ監督ってのは、「何でだよ！」って思うくらいイチローを使わなかったからね。ニッポン人が嫌いだったんじゃないか？

ピンストライプ姿のイチローを見られたのは嬉しかったけど、あれで出場機会が減ったことは悔やまれるね。

まだまだニッポンで現役続行してほしかったっていう声もあるけど、そこはイチローの意地だろうな。大谷翔平やら田中マー君やらが挑戦してる姿を見てもわかるように、やっぱりメジャーはニッポンとはレベルが違うからね。一度あのヒリヒリしたところでプレーした後に、ダメだからニッポンに戻るって〝都落ち〟は、プライドが許さないだろってさ。

オイラも経験した「バカな記者会見」

だけど、面白かったのはあの記者会見だったな。まさに孤高の天才ならではの偏屈さが出ててさ。イチローらしくて最高だったよ。

真剣に答えているんだけど、だからこそ「お前らが望むようなお決まりの〝感動のセリフ〟なんて絶対言ってやらないぞ」って雰囲気でさ。

質問するほうも〝見出しになる言葉〟を引き出そうと狙ってるのがミエミエなんだよな。

オイラには、そんなイチローの気持ちがよく分かるんだよ。フライデー事件やらバイク事故やらで数々の問題記者会見をやらかしてるからさ。記者会見についてはは記者や評論家以上に語れるぞ（笑）。

たとえば、映画記者の質問で、オイラが一番「コイツ、バカなんじゃねェか？」って思うのが「この映画のテーマはズバリなんですか？」とか、「この映画を一言で表わすと？」みたいなヤツでね。

そんなもん、サラッと言えるワケがない。一言で表現できちまうような浅〜いテーマだったら、わざわざ手間ヒマかけて、カネもかけて、頭をフル回転させて映画なんて撮らないよ。

なんでニッポン人はいつも一言でまとめたがるんだろうな。「今年の漢字」ってヤツもオイラは大嫌いでね。色々あった一年を一文字で総括しようって了見が気に食わないよ。こういう感覚のヤツにかかると、オイラの映画も、イチローの努力の日々も、全部陳腐なものに見えちまうからたまらないね。

イチローの引退会見でも「子供たちへのメッセージを」とか「奥様への感謝の言葉を」みたいな〝よくある質問〟が多くてさ。それより「何で安打製造機のあなたがこれほど打てなくなったのか」とか、「衰えを一番感じたのは体のどこのパーツか」みたいに、野球の技術についてこそドンドン聞かなきゃダメなんじゃないの。

まァ、それでも記者が想定したようには答えてくれないんだろうけど。それがイチローらしさなんだよな。

名前を大きくするのは自分の責任

だけどその記者会見で、イチローが「僕はこれからなんて呼ばれるんだろう？ 元イチロー？」と言ってたのは笑ったね。選手の登録名なら良いけど、指導者や野球解説者やらをやるときに「イチロー」って呼ばれるのはちょっと間抜けかもな。

そもそも「イチロー」ってのは、オリックスの仰木彬監督が新人時代に「鈴木じゃ地味だ」って言うんで無理矢理変えさせた名前なんだよな。同時に登録名変えたのがあの「パンチ佐藤」でさ。

もしイチローが活躍しなかったら、「イロモノ」というか、今風に言えば「キラキラネーム」で終わっちゃった可能性も十分あったわけだよ。でも、凄い成績を残して、大スターになったから「憧れの名前」になった。その後に「サブロー」とか「カツノリ」みたいな「名前だけ登録」がいっぱい出てくるけど、それは最初がイチローだったからだよな。

まァ、要は名前を大きくするのも小さくするのも「自分次第」ってことなんでね。

最近は、キラキラネームを付けられて大変な目に遭ってる子供が多いって話がニュースになってるけど、これも考えモノだよ。中には「王子様」って名前を付けられて、18歳になって改名したという少年も出てきたけどさ。

いくら子供に珍しい名前を付けたって、それで子供が個性的に育つわけじゃない。親がしてやるべきは変わった名前で「うわべだけの個性」を演出するんじゃなくて、社会に出ても負けない「強さ」と、恥をかかない程度の「常識」みたいなものを教え込むほうが大事なんでさ。それなのに、自分が子供に〝常識外れ〟の名前を付けたんじゃ、話にならないだろってね。

えっ、弟子に「玉袋筋太郎」とか「やくみつゆ」とか「まっく赤坂見附」みたいな名前を付けてる男が言うんじゃないぞって?

バカヤロー、これはイチローと同じであくまで芸名だろっての。オイラを師匠に選んだんだから仕方ない。こういう名前を付けられても大スターになるのが本物の芸人だってての。

イチロー監督に人望は必要ない

そういえば、イチローがこないだの引退会見の時に、〝人望がないから監督は無理〟とか話してたけど、それって本当かな？

「名将」の条件が「人望」だとオイラは思えないんだよね。たしかにイチローや野茂（英雄）を見出した仰木彬監督はたくさんのスター選手に慕われてたけど、勝つために「あえて嫌われ者になる」っていう方法論だってきっとあるぜ。

広岡達朗監督がいい例だよ。広岡さんは、弱小だったヤクルトや西武を徹底的な管理野球で日本一にしたんだよな。選手のプライベートまで厳しく指導する人でさ。当然、反発する選手もいたワケだよ。噂によると、西武時代は「禁酒・禁煙」に加えて、焼肉まで制限してたって話だからね。遊び人の東尾（修）さんがブチ切れて、やかんに酒を入れて飲んでたってエピソードがあるくらいなんでさ。

プロはそういう厳しい世界なんで、勝つためには監督なんて〝嫌われ者〟でもいいじゃないかってね。

ただし、名選手が名監督になれるかっていうと、そう単純じゃないんだよな。

野茂が近鉄時代にフォームや調整法を巡って、鈴木啓示監督と上手くいかなくてメジャー挑戦したって話は有名だけどさ。イチローも土井正三監督時代のオリックスでは打撃コーチやらに「その妙なフォームを変えろ」と言われて、日の目を見なかったっていうよね。いつだったか忘れたけど、野茂とイチローがバリバリ活躍してる頃だよ。オイラが寿司屋でメシを食っていると、すぐ隣に土井さんと鈴木さんが座ってきてさ。で、土井さんが、「イチローの件じゃ、見る目がないって言われて参ったよ」って言えば、鈴木さんも「オレだって、野茂の敵みたいに言われて弱っちゃったよ」なんて返してさ。聞いてるこっちが笑いそうになっちゃったよ。

まァ、昔オイラが対談したとき、イチローは「実は土井さんには評価してもらってた」なんて言ってたし、世間がいうような関係じゃなかったのかもしれないけどね。それでも指導者との相性みたいなのは、選手の将来を左右しかねないんだよな。

イチローは若い頃にそういう経験もしてるんで、やっぱりいつかは監督をやった姿を見たいぜってての！

万年Bクラスの中日・与田監督は「お前呼ばわり応援歌」を気にしてる場合じゃない。

優勝してから言えよ

そんなスポーツ界でいただけないのがプロ野球の中日だよ。応援歌の「お前が打たなきゃ誰が打つ」ってフレーズが「〝お前〟呼ばわりは選手に失礼」「子供の教育上も良くない」っていうんで応援団に自粛を求めたらしいんだけどさ。

これって与田（剛）監督が言い出したの？　もしそうならどうしようもないね。このところBクラス続きの中日はまさに今が正念場だってのに、そんな余計なことを考えてる場合じゃないよ。

応援団も「優勝してから言えよバカ」って言い返してやれっての。そもそも与田監督は選手のことを「お前」って呼んでないのかな？　プロ野球の監督が選手を「○○さん」なんて呼んでたら、そっちのほうがマヌケな感じがするけどね。

そんなんじゃ、そのうち「盗むのは品がないから盗塁禁止」「逃げるのも非紳士的だから振り逃げ禁止」とか言い始めるんじゃないか。

そもそも、応援してくれてるファンに水を差すんじゃないよ。プロ野球選手にとってお客様は神様だよ。そこから考え違いしてるんじゃないかっての！

バカなガキがハロウィンで羽目をはずすのはテレビがワイドショーのネタにするからだ。

「荒れる成人式」と同じ構図

このところのハロウィンのバカ騒ぎはイヤになっちまうよ。渋谷も六本木も、コスプレした若いヤツラでごった返して、パニック状態になっちまってさ。「お祭り騒ぎ」で済みゃまだいいけど、最近はもはや「暴動」だよな。2018年には軽トラが横転させられて、ドサクサに紛れてオネエチャンの体を触る痴漢もいたっていうけど、それって騒ぎじゃなくて犯罪だろっての。警察は交通整理ばかりやってないで、ハロウィンに乗じて悪さしたヤツはジャンジャン捕まえちまえよ。デモやら街宣車には仰々しく警備をつけるくせに、こっちは大甘なんだからさ。

昔の学生は、日頃の鬱憤を学生運動やらの形で政治にぶつけてたわけだよ。だけど今の若いヤツラは政治のことなんてまるで興味ないわけでね。日々の生活のイライラや不満を、こういうイベントで発散しようとしちゃうんだよな。それだけのエネルギーを「モリカケ問題を許すな！」「消費税10％反対！」なんて方向に向けりゃ、政権だってけっこうヤバいと思うけど、そうはならないわけでさ。安倍（晋三）さんにとっちゃ、若いヤツラが可愛くて仕方がないかもしれないね。

だけど、ニッポン人の節操のなさは相変わらずだよな。ハロウィンなんて海外の行事だろ。ニッポン各地で阿波踊りをやったり、浅草がサンバカーニバルの名所になってたり、もう何がなんだかわからない。とにかく騒ぐ理由が欲しいだけだよ。

もうテレビや新聞は、ハロウィンの騒ぎを取り上げないほうがいいよ。世間やメディアが注目するからバカが図に乗るんでさ。一昔前の「荒れる成人式」と同じ構図だよ。自分が極端なことをやれば、テレビに映るかもしれない、大人が顔をしかめるかもしれないと思うからエスカレートするというね。周りが無視を決め込めば、バカ騒ぎも沈静化するよ。

『翔んで埼玉』大ヒットならオイラの次回作は『翔んで足立区』で決まりだぜっての

足立区民よ、今こそ立ち上がれ

映画といえば『翔んで埼玉』ってのが大ヒットしたんだってて？　聞くところによると、埼玉県の自虐ネタが満載で、「生まれも育ちも埼玉なんて、おお、おぞましい」とか「埼玉県人にはそこらへんの草でも食わせておけ！」みたいな台詞がジャンジャン出てくる映画で、当の埼玉県民が一番喜んじゃってるというんだけどさ。

おい、オイラの生まれ故郷の足立区は何で黙ってるんだよ。「自虐ネタ」といえば、足立区の専売特許だろってての。足立区が東京23区の中でどれだけ虐げられてるか、オイラがどれほどネタにしてきたと思ってるんだよ。

「ガス、下水道、インフラ普及はいつも最後。でも停電は一番先」

「車を駐車してると〝落とし物だ〟って家に持って帰るヤツがいる。で、持ち主が〝返せ！〟って怒鳴ると〝1割寄こせ〟って怒鳴り返す」

なんてさ。

もう、オイラがガキの頃から大変だったんだから。そこらじゅう悪ガキだらけで、おでんの屋台が来たら、勝手にフタを開けて食ってるガキもいた。紙芝居のおじさんが拍子木打って子供たちを集めてる間に自転車乗り逃げされて、途方に暮れちゃったりとかさ。それで、オイラが住んでた足立区の梅田町とか島根町のあたりは、おでん屋も紙芝居屋も来なくなっちゃったというね。

それなのに、最近は北千住が「住みたい街ランキング」に入っちまったせいか、いつの間にかお高くとまるようになっちゃってさ。足立区民は足下を見失っちゃダメだよ。

よし、オイラの監督・主演で『翔んで足立区』を撮ってやるか。

オイラの役は、賄賂やら選挙違反やら、サンザン卑怯な手を使って当選した足立区長でさ。で、アメリカのトランプ大統領も顔負けのトンデモ政策をドンドン始めるんだよな。「足立区の銭湯はすべて熱湯風呂とする」とか「ビートたけし記念館を区税で建設せよ」とかさ。

で、最後は「足立区の壁を建設する」と言い出すんだよな。埼玉県との県境に壁をつくって、「ダサい埼玉県民が入って来られないようにしろ!」と大号令をかけるというね。だけど、いざ壁を作ってみたら埼玉県民は気にも留めなくて、逆に足立区民が壁を乗り越えて脱出し始めるというオチなんでさ。やがて隣の北区や荒川区にも〝壁〟をつくられて、完全に足立区が孤立しちゃうというね。世界情勢への皮肉もタップリ盛り込んだ傑作風刺映画になるぞ。

大ヒット間違いなしだろ? いや、足立区じゃカネ払って映画館に来るヤツはあまりいないから、ダメか(笑)。これ以上やると本気で怒られそうだから、この辺りでこの話は終わりにしとこうぜ。

宮根の「プチ整形」で思ったこと。オイラは「まぶた」より「アソコ」にメスを入れたいぜ。

「病気」に毒舌はカンベン

オイラもいろいろなテーマを毒舌で叩き斬ってきたけど、唯一イヤなのが他人の病気の話題なんだよな。この頃は競泳の池江璃花子の白血病とか、タレントの堀ちえみの舌がんとか、いろいろ有名人の病気の話題が続いてたけど、こればっかりは言及しようがないんだよ。

『ニュースキャスター』をやってる手前、コメントを求められる機会が多いんだけど、健康という一番個人的な話に他人が軽々しく何か言えるものじゃないんでさ。

色恋のスキャンダルやトラブルの類いならイジってもいいんだけど、病気の場合は「体を大事にしてください」「無理はしないで」以外に言いようがないよ。

一番辛いのは本人だし、ましてや心の中の葛藤なんて勝手に推測するもんでもない。「頑張って!」とか「またあのスマイルを見せて」なんてよくある激励コメントも、よくよく考えりゃ失礼な話だよ。

テレビってのは、そういう誰が答えても同じになる質問はするくせに、オイラがヤバいことを言いそうなネタの時は振ってこないんだからイヤになっちゃうよ。なんで、オイラに宮根(誠司)のことを聞かないんだ?

テレビを見てたら、いつの間にか二重まぶたでクリクリの目になっててビックリしちゃったよ。アレはオイラじゃなくても「整形したな!」って思っちまうだろうよ。

まァ、宮根はテレビで自分の整形の理由を言ってるんだよな。年をとって、周りからまぶたが下がってきたって言われて手術を受けたんだってさ。ほっとくと視界がドンドン狭くなってくるらしいから、最近はそういう手術を受ける人も多いんだってね。

まァ、確かに年取ったらいろんなところが垂れ下がってくるからね。オイラも酒を控えたりしてソコソコ節制してるのに、なかなか痩せないし、体のいろんなところがたるんできてる感じがするよ。

だけどオイラが自分の体を〝プチ整形〟するなら、絶対まず手を付けるのはポコチンだな。オイラは人生72年、筋金入りの仮性包茎なんでね。若い頃から軍団のヤツラと風呂に入る時なんて、こっそり皮を引っ張りあげてから入らなきゃならないんで大変なんだよ。

サウナで軍団のヤツラに「コノヤロー、だからお前はダメなんだ！」とか説教しながら、片方の手じゃ股間をクイクイ直してるというね。「殿」の威厳なんてあったもんじゃないんだよ。だから今こそメスを入れて、長年の懸案をパァッと解決しちまおうかってね。

え？　オイラぐらいのトシになってから包茎手術を受けるジジイは多いんだって？

これから介護が必要になった時に、ヘルパーさんや身内にアソコを見られるかもしれないから、見映えよくしておこうって人が多いのか。なるほどな～。

まァ、オイラみたいにラジオや週刊誌のネタにしちまったら、もう今さら手術してもダメか。下手にジタバタしたら、オイラが死んだ時に「晩年は包茎手術にもチャレンジした」なんて間抜けなエピソードを記事に書かれちゃうかもしれないんで、諦めとこう（笑）。

あおり運転が怖いドライバーのために「ドラレコ」より効果的な対策教えるぜ。

マヌケなボニー&クライド

笑っちゃいけないんだけど、どうしても笑っちゃうんだよな〜。「あおり運転」で捕まった熟年カップルだよ。男が高速のど真ん中で相手のドライバーを恫喝して、窓越しにストレートパンチを何発もお見舞いする映像にはあ然としたね。一緒にいた女も止めるどころか、携帯片手にずっと撮影しててさ。あれも不気味だったよな。で、逃げた2人の逮捕劇はさらにドタバタでね。高飛びする気マンマンの変装ルックのくせに「逃げも隠れもしません！」なんて大声張っちゃってさ。警察官に囲まれたら被害者ヅラして「手で押さえつけるのだけはやめてください！」なんて抵抗してね。お前は何発も殴ってただろっての（笑）。女も逮捕直前に「（男と）手を繋がせてくれ」なんて言い出すし、もうツッコミどころ満載なんだよな。

犯罪を起こしたカップルの逃避行といえば、映画『俺たちに明日はない』で有名なボニーとクライドだけど、こっちはそんなカッコイイもんじゃない。平和ボケしたニッポンにピッタリの「マヌケなボニー&クライド」だよ。コイツラじゃ映画化は到底無理だっての。だけど、ここまでメディアに取りあげられたのは、やっぱりドラレコの映像があったからだよな。最近はこういう動画がジャンジャンテレビで流されるようになったね。

まァ、これでみんな「ドラレコを付けておこう」って思うだろうな。今回の件じゃ相手の顔やナンバーがバッチリ映ってたし、これがなかったら摘発も難しかったワケでさ。でもオイラみたいに世間に顔を知られてる身からすると、こういうのが普及するのは、ちょっと怖さもあるぜ。

こないだ高田純次の接触事故の記事が週刊誌に出てたよな。「20万で示談にしようとした」みたいにバラされちゃってたけど、あれも事故の相手が録音テープを提供したんだろ？　やっぱり何かにつけて芸能人ってのは狙われるんだよな。

別に大したことをしてなくても、色々なところからカメラで撮られてる可能性があるワケでさ。いつもどこからか監視されてるんじゃないかって思っちまうよな。「たけしの高級車に割り込みされた！」「たけしが車からオネエチャンと出てきた」とか、ちょっとしたことでいちいちネットに写真を上げられたらたまったもんじゃないぜってね。

よくバラエティ番組で「ハプニング映像」なんて企画があるけど、全部が偶然撮れたものばかりじゃない。中には構図とタイミングがバッチリで、「あからさまに狙ってやがるな」ってのもあるからね。

昔は芸能人を狙っている週刊誌の記者くらいだったけど、いまの時代は誰でもドラレコやスマホを持ってるワケでさ。常に〝ネタ〟を撮られてると思うと、注意が必要だよな。

オイラのあおり運転撃退策

今回のあおり運転の一件で「車に乗るのが嫌になった」ってのも多いんじゃないか。最近は逆走や暴走するジイサン・バアサンもいれば、言いがかりを付けてくるバカまでいる。

車の性能が良くなっても、肝心のドライバーがヤバいんじゃ、道路は危険だらけだよ。

オイラも自分で運転するのは止めたよ。だけど「たけしも返納したぞ」って自主返納キャンペーンの宣伝に使われたんじゃ腹が立つから、免許は持っておこうと思ってるんだよ。

オイラが自分で運転してる時は「あおり運転」より、隣の車の「脇見運転」が怖いんだよな。何回かヒヤっとすることがあってさ。

昔、運転してた時に対向車のトラックの運チャンが「あっ、たけしだ！」って気付いて事故りそうになったり、赤信号で隣に停まった車がオイラにビックリして、料金所に突っ込みそうになったりさ。そんなことは日常茶飯事だったよ。

まァオイラは別として、問題はどうすりゃ煽られるのを防げるかだよな。

煽るヤツってのは、誰彼構わずケンカをふっかけてるワケじゃない。窓越しに相手の顔を見て自分より弱そうだと確認してからやるんでね。だから「コイツに絡んじゃマズい」って思わせるのが一番だよ。オイラもロールスロイスやらに乗ってるとあんまりヤバい車が近づいてこないからね。

あえてヤクザ風の格好でヤクザっぽい車に乗るって手があるぞ。

昔、井手らっきょが黒のセンチュリーにサングラスを掛けて乗ってたんだよ。あのスキンヘッドにサングラスだろ？　その筋の人にしか見えないんで、ちょっと窓を開けて右手をヒョイって上げたら周りが勝手に道を空けるんだよ。結局、サービスエリアのトイレで「井手らっきょじゃねェか！」ってバレちゃって笑われたらしいけどさ（笑）。

あとはナンバーだな。よく「ゾロ目のナンバーのベンツは気を付けろ」なんて言うよな。たしかに実際そういう数字は多いみたいだけど、普通のヤツが付けるとリスクもある。昔、ヤクザでもなんでもない一般人が知らずに「５５５５」なんて見るからにそれっぽいナンバーの黒ベンツに乗ってたんだって。

ヤクザもビビって道を空けてたんだけど、車から降りてきたのが普通のヤツだったんで拍子抜けでさ。「親分だと思ったじゃねェか！」ってボコボコにされたって話があるぜ。やっぱり、その手は危ないな（笑）。そうなったらステッカーでも貼るか。要は、相手に「怖い車」だと思わせればいいんだろ。「いつ暴走してもおかしくないジジイが運転しています」「危険！　逆走経験アリ」なんてデカデカと貼られてたら、誰も怖くて近づかないんじゃないかっての！　ジャン、ジャン、ジャン！

おまけ　その3

もちろんビートたけしもノミネート！令和初の「ヒンシュク大賞」を決定する

令和元年のメモリアルイヤーにふさわしく、例年以上にキャラの濃いメンツがズラリとノミネート。前代未聞の大事件が目白押しのなか、「世界のキタノ」が栄冠を授ける「お騒がせナンバーワン」は誰だ!?

吉本からノミネートの〝嵐〟

――さァ、たけし審査委員長、恒例の「ヒンシュク大賞」がやって参りました！

たけし（以下、「」内すべてたけし）「また始めやがったな、コノヤロー。だいたい『大賞』なんて名乗ってるくせにお前らはケチ臭いんだよ。取材会場はいつもの楽屋、受賞者に賞金も出さないし、そもそも審査委員長のオイラに〝心付け〟すらないんだから。くそ～、こんな時間があったらカラテカの入江（慎也）に紹介してもらって半グレの宴会にでも顔出したほうが儲かるぜっての。宮迫（博之）が100万円ならオイラは200万円でどうだい？」

――よしなさい！　闇営業問題でテレビに出られない芸人もいるっていうのに！

「そうだ、どうせなら今回の大賞候補の宮迫とロンブー亮をゲストで呼んで来いよ。週刊誌の編集者なら、それくらいやって読者を驚かせなきゃ。そしたら盛り上がるぜ～。オイラも『今日、2人は数々の闇営業を断わって駆けつけてくれました！』って盛大にもてなすよ」

――いい加減にしなさい！　しかし闇営業問題に端を発する騒動は大きな盛り上がりを見せました。吉本興業内部の対立に発展してしまいましたね。

「派閥抗争と言えば格好良いけど〝親分〟の岡本社長のあのグダグダ会見は情けないよ。

アレが日本一のお笑い事務所のトップだって言うんだから泣けてくるよな。反旗を翻したはずの極楽とんぼの加藤浩次も、いつの間にかトーンダウンしちゃってさ。抗争というほどの覚悟は誰もないよな」

――確かに、自分の名前が入った事務所「オフィス北野」を辞めちゃうようなムチャな人は吉本にはいなそうですけど。あ、たけし審査委員長も「72歳の熟年離婚」でノミネートしてますんで。

「無理矢理オイラの話に持ってくるんじゃないよ！　まァ、吉本のヤツラのおかげでオイラの話が週刊誌やらで報じられなくなったんで、その点はありがたいんだけどさ。これから見物なのは、吉本が今回の一件をどう笑いに変えていくかだよな。ダウンタウンがやってる大晦日の『絶対に笑ってはいけない』シリーズ（日本テレビ系）の今年のテーマはいつもの『病院』とか『警察』みたいなのじゃなくて『記者会見』にすりゃいいんじゃないの。浜田（雅功）や松本（人志）が記者席に座ってて、そこに本物の岡本社長や宮迫が出てくるだけで大爆笑じゃないかってさ。で、岡本社長の第一声は『テープ回してないやろな？』というね。そして横に座ってた副社長の藤原（寛）ってのが、『岡本、アウト～』

とコールするんだよ。だけど、あの社長の涙は〝嘘泣き〟にしか見えなかったな。どうせなら、あの〝号泣県議〟の野々村竜太郎センセイみたいに『アバババババ！　ヴァーン！』って大泣きしてりゃ世間ももっと笑ってくれたと思うぜ（笑）」

——いい加減にしなさい！

政界は〝逸材〟だらけ

——政界からは、野々村センセイに勝るとも劣らない個性派キャラが続々ノミネート。まずは、「USBジャックを知らない」などの珍言・失言を重ね、ついに「復興以上に議員が大事」で五輪相をクビになった桜田（義孝）センセイです！

「でも、官僚たちは残念がってるんじゃない？　あんな扱いやすい大臣は二度と現われないだろって（笑）。まァ、あの人の大臣ポストってのは、ストリップ劇場とか風俗店の雇われ店長みたいなもん。単なるお飾りでガサ入れされてパクられたら用済みってことだよ」

——政界からはもう1人。秘書に対する暴言・暴行疑惑の石崎徹議員です。特にヒドいのが車中での暴言で、秘書は「信号が青に変わった瞬間に発進しないと怒り、黄色で止まると『なんで止まってるんだ』と殴られた」と告発しています。

「うーん、『赤信号みんなで渡れば怖くない』で世に出たオイラが言うのはヘンだけど、政治家なら交通規則は守らなきゃダメだぜっての！　まァ、同じ系統に〝このハゲ～！〟の豊田（真由子・元議員）サンって大先輩がいたから、ちょっとインパクトは薄くなっちまったかな」

原田は松尾を見習え！

――「車中」といえばこの人！　ＳＮＳで知りあった女性ファンとの「カーセックス不倫」がバレちゃった俳優・原田龍二さん！『水戸黄門』の助さん役で、最近は温泉好きで売り出していました。

「愛車のランドクルーザーが駐車中なのにミシミシ揺れてたんだって？　不倫より、芸能人のくせにホテル代をケチって車で済まそうとしてたのがバレたのがよっぽど恥ずかしいよな。で、カーセックスといえばもっと恥ずかしいのが明治大学の後輩のラグビー・松尾雄治だよ。カーセックスをズンドコやってたら、はずみでスイッチに足が当たって、パワーウインドウが降りちゃってさ。で、松尾のケツが外からまる見えになっちゃった（笑）」

――その話、全国ネットの『ニュースキャスター』でもバラしてましたね。松尾さん、かわいそうすぎます！

「そんなことねェよ。その後、放送を観てた松尾から連絡があってさ。怒鳴られるかと思ったら『たけしさん！　話題にしてくれてありがとうございます！』だって。さすがの明治魂だよ」

――そんな明治魂はありません！　大学関係者に怒られますよ！　芸能界からのエントリーはまだまだあります。大麻所持で逮捕された元ＫＡＴ－ＴＵＮの田口淳之介。恋人で元女優の小嶺麗奈とともに逮捕されましたが、保釈時の「20秒土下座」は世間を驚かせました。

「オイラも笑っちゃったけど、よくよく考えれば賢いやり方だよな。コイツみたいな開店休業状態のタレントが、何分にもわたってテレビで取り上げられるなんてそうないんでさ。でも、あれは謝罪というより『私に娘さんをください！』みたいな懇願のスタイルでさ。まるでなってなかったよ。今後、芸能界で生きていくのは難しいから、この教訓を活かして『謝罪アドバイザー』として第二の人生を歩んでほしいね」

次回作は〝全員闇芸人〟

——クスリと言えば、『アウトレイジ』『いだてん』でたけし委員長とも縁浅からぬピエール瀧もノミネート。共演者のカツラには一番早く気がつくことで知られるたけし委員長ですが、クスリによる異変には気がつかなかったんですか？

「わかんなかったな〜。ただ、今思うとオイラの映画に出るとき、ピエールは最初からやけに落ち着いてやがったんだよ。やたらと肝が据わってたのは、やっぱりクスリのおかげだったのかな。だけど新井浩文も逮捕されたし、『アウトレイジ』出演俳優がホントにアウトレイジだったってのは笑えないよ。前科者なんて、オイラだけで十分なのにさ。もし続編を撮るとしたら、今度は闇営業芸人をゴッソリ揃えるか！」

——そして羨ましいヒンシュク男も！　人気女優・蒼井優と電撃結婚した南海キャンディーズの山ちゃん（山里亮太）です。

「まァ、キレイなオネエチャンと結婚できたってのはイイけど、心配なのは山里の今後の芸能活動だよな。今まで通りの〝モテないネタ〟〝ブサイクネタ〟をやっても〝お前が言うな！〟となっちゃいかねないからさ。まァ、それでも世間に合わせて芸風をコロコロ変えちゃダメだね。どうやればずっとイジられキャラでいられるか、よ〜く考えないとさ」

大賞は〝間抜けなあの人〟

――そして今回は財界からもノミネートです。5年間で約100億円という巨額の役員報酬を隠すために有価証券報告書に虚偽記載をしたとして逮捕された日産自動車のカルロス・ゴーン元会長！

「カネの問題はオイラには分からないけど、バカバカしいのが保釈された時に着てた作業員の格好だよ。なんだ、あの変装のレベルの低さは（笑）。誰かにやらされたとしても、さすがに断われっての。Mr．ビーンの格好して出てきたほうがウケたんじゃないの？コストカットの腕はあっても、〝着ぐるみ〟に関しちゃオイラの足下にも及ばないぜ。作業員の変装をするなら、口の周りを丸くヒゲで囲んで、オイラの『鬼瓦権造』で出てきてほしかったぜってね。言ってくれりゃ、『アルプス工業』ってネームの入ったジャンパーを拘置所に差し入れてやったのにさ（笑）」

——いい加減にしなさい！　最後は〝天国〟からのノミネートです！　去る3月に惜しくもこの世を去った、故・内田裕也さんです！

「まさに、ヒンシュクを買うことを恐れない人だったね。あんまり関係ない人の葬式に出ちゃ一番目立っちゃうし、人にタカるのもうまかった（笑）。まさにヒンシュク界のレジェンドだよ。樹木希林さんの〝遺言本〟が150万部売れるんなら裕也さんの本も作りゃいいのに。あ、誰も買わねェか」

——たけし審査委員長はいつも内田さんの爆笑エピソードをネタにしていました。

「もう裕也さんの話をし始めたら、何ページあっても足りないよ。裕也さんと飲んだのが懐かしいぜ。あの人、寿司屋でイクラを頼む時は〝シャケのベイベー！〟って絶叫するんだから」

——さすがにそれはネタでしょ！　さて、ページがなくなって参りました。たけし審査委員長、令和初となる「ヒンシュク大賞」は誰の手に？

「う〜ん、今年はダントツで吉本興業の岡本社長に決定！　と言いたいところだけど、やっぱり清水圭にしよう！　誰も聞いてないのに、自分からブログで『自分も18年前、岡本社長から恫喝された』『あの人は信用できない』って告白したら、『黙ってろ』『お前なら仕方がない』『どうでもいい』と、世間から氷のように冷ややかな目で見られたというね。いきなりこの闇営業問題で一番恥ずかしい存在に躍り出たんだよな。たまにはこんな間抜けなヒンシュク者が大賞を受賞してもいいんじゃないかっての！　ジャン、ジャン、ジャン！」

おわりに

オイラも2020年でとうとう73歳になっちまう。だけど、まだまだ老いぼれちゃいない。やりたいことのアイディアが次から次へと湧いてくるんだ。だから毎日が楽しくて仕方がない。

19年は久しぶりに『27時間テレビ』（フジテレビ系）を生放送でやったし、小説もジャンジャン出した。なかなか愉快な年だったね。

若い頃からこの年になるまで、サンザンやりたい放題やってきた。漫才ブームにうまく乗っかって、オイラは「いい時代」を生きたという気がする。

だけど、いまの若手芸人はどうだろうか。「モラル」だとか「コンプライアンス」というもっともらしいお題目で、がんじがらめに監視されて、窮屈になりすぎてはいないだろうか。

この時代にオイラが若手芸人だったら、きっと何かやらかして、早々に芸能界を追い出されているんじゃないかと思う。

そもそも芸人なんて、世間に威張れるような職業じゃなかった。世間に見本を示せるような偉い人間の集まりじゃない。もしそれを芸人に望むなら大いなる買いかぶりだ。一方で、芸人のほうもテレビでチヤホヤされすぎて「自分たちが立派な人間だ」と勘違いしている。そういうおかしな状況が、闇営業の問題を大きくしたのではないかとオイラは思っている。こんな時だからこそ、一度、芸人の生き様についてまとめておきたかった。まァ、身も蓋もない言い方をすれば、たかが芸人のやることに目くじら立てるんじゃないよってことだ。

最近、なんだか社会に寛容さがなくなってギスギスしている。こういうときこそ、本来のお笑いの出番だぜ。

令和元年11月　　ビートたけし

本書は語り下ろしに加え、『週刊ポスト』の人気連載「ビートたけしの『21世紀毒談』」の中から、特に反響の大きかったエピソードを抜粋してまとめたものです。

協力／T．Nゴン

取材協力／井上雅義
撮影／海野健朗
編集／山内健太郎
奥村慶太

ビートたけし

1947年東京都足立区生まれ。漫才コンビ「ツービート」で一世を風靡。その後、テレビ、ラジオのほか映画やアートでも才能を発揮し、世界的な名声を得る。97年『HANA-BI』でベネチア国際映画祭金獅子賞、03年『座頭市』で同映画祭監督賞を受賞。著書に『ゴンちゃん、またね。』『キャバレー』（文藝春秋）、『テレビじゃ言えない』『「さみしさ」の研究』（小学館新書）など。

芸人と影

二〇一九年 一二月三日 初版第一刷発行

著者 ビートたけし
発行人 鈴木崇司
発行所 株式会社小学館
〒一〇一-八〇〇一 東京都千代田区一ツ橋二ノ三ノ一
電話 編集：〇三-三二三〇-五九六八
販売：〇三-五二八一-三五五五

印刷・製本 中央精版印刷株式会社

Printed in Japan ISBN978-4-09-825359-3